Stendhal

Aphorismen

Über Schönheit, Kunst und Kultur

Stendhal: Aphorismen. Über Schönheit, Kunst und Kultur

Erstdruck: Straßburg, Heitz, 1901. Ausgewählt und mit einer Einleitung versehen von Benno Rüttenauer.

Neuausgabe
Herausgegeben von Karl-Maria Guth
Berlin 2020

Der Text dieser Ausgabe wurde behutsam an die neue deutsche Rechtschreibung angepasst.

Umschlaggestaltung von Thomas Schultz-Overhage unter Verwendung des Bildes: Stendhal, Ölgemälde von Johan Olaf Sodermark (1790-1848)

Gesetzt aus der Minion Pro, 11 pt

Die Sammlung Hofenberg erscheint im
Verlag der Contumax GmbH & Co. KG, Berlin
Herstellung: BoD – Books on Demand, Norderstedt

ISBN 978-3-7437-3852-2

Bibliografische Information der Deutschen Nationalbibliothek

Die Deutsche Nationalbibliothek verzeichnet diese Publikation in der Deutschen Nationalbibliografie; detaillierte bibliografische Daten sind im Internet über www.dnb.de abrufbar.

Inhalt

Einleitung

Ich nenne ihn Stendhal. Da er sich selber diesen deutschen Namen beigelegt hat, auch die Franzosen ihn meistens so nennen, haben wir Deutschen den wenigsten Grund, ihn nicht unter diesem Namen bei uns einzuführen.

Um eine Einführung aber handelt es sich.

»Gegen das Jahr 1880 werde ich vielleicht einigen Erfolg haben«, lautet ein berühmtes Wort Stendhals. Einigen Erfolg, das war bescheiden. Es kam ganz anders. »Seit zwanzig Jahren«, schreibt Pellissier, *»l'admiration de Stendhal a pris un tour dévotieux.«* Die ganze neuere französische Literatur ist Geist von seinem Geist. Die Überwindung der Romantik war gleichbedeutend mit seiner Inthronisierung. Mérimée und Flaubert, Maupassant und Bourget sind seine Schüler, wenn nicht als Künstler, so doch als Psychologen. Und gar Taine steht ganz auf seinen Schultern. Er war ihm auch dankbar; er nennt ihn geradezu den größten Psychologen des Jahrhunderts. Der »Beylismus«, wie Stendhal-Beyle selber scherzweise seine Weltanschauung nennt, wurde zum Glaubensbekenntnis einer ganzen Generation. Zwei so verschiedene und in allem sich entgegengesetzte Talente wie Zola und Bourget haben dies gleichzeitig festgestellt.

Das war in Frankreich. In Deutschland lagen naturgemäß die Dinge anders. Zwar kannte ihn hier schon Goethe und sprach wiederholt von ihm. Der deutsche Altmeister bewundert schon seinen »psychologischen Tiefblick«. Und das unmittelbar nach dem Erscheinen von »Le Rouge et le Noir«. Doch Goethes Urteil fand nicht Widerhall noch Wirkung. Seit zehn Jahren habe ich einer Reihe von deutschen Buchhändlern vorgeschlagen, »Le Rouge et le Noir« in einer guten Übersetzung zu bringen. Es mochte keiner darauf eingehen. Die wenigsten wussten, um was es sich handelte.

»Wenn ich Stendhal als tiefen Psychologen rühmte«, sagt Nietzsche im Jahr 1888, »begegnete es mir mit deutschen Universitätsprofessoren, dass sie mich den Namen buchstabieren ließen.« Nun sind freilich Universitätsprofessoren als solche gerade nicht der beste Thermometer für gegenwärtig lebendige und fortzeugend wirkende Kräfte in der Literatur. Aber selbst unter den Schriftstellern, selbst unter jenen, die sich gern selber die Modernen nennen, gab es doch nur hie und da einmal einen Kenner Stendhals, d. h. einen, der »Le Rouge et le Noir« gelesen hatte. Seine zahlreichen übrigen Werke, an die zwanzig Bände, kamen überhaupt nicht in Betracht. Stendhal stieß in Deutschland auf keine Geistesverwandte.

Als nur auf einen.

Nietzsche äußert sich über Stendhal in Ausdrücken, die er sonst nur auf sich selber anwendet.

Stendhal ist ihm »das letzte große Ereignis des französischen Geistes«, ein »erkennendes, vorwegnehmendes Genie, das mit einem napoleonischen Tempo durch sein unentdecktes Europa marschiert ist und zuletzt sich allein fand, schauerlich allein«, der »aber jetzt kommandiert, ein Befehlshaber für die Ausgewähltesten.« Zweier Geschlechter habe es bedurft, um ihm nahe zu kommen. »Wer aber mit feinen und verwegenen Sinnen begabt ist, neugierig bis zum Zynismus, Logiker aus Ekel, Rätselrater und Freund der Sphinx gleich jedem rechten Europäer«, der werde ihm nachgehen müssen. Stendhal kennengelernt zu haben, ihn mit dem »vorwegnehmenden Psychologenauge, mit seinem Tatsachengriff, der an die Nähe des größten Tatsächlichen erinnert (*ex unque Napoleonem*)«, ist für Nietzsche »einer der schönsten Zufälle seines Lebens«.[1] Man hört es heraus: Diesmal hatte Stendhal einen Verwandten gefunden. Oder umgekehrt.

Noch rühmt Nietzsche an dem so Verwegenen das ganz Besondere: »voller Scham vor den Heimlichkeiten der großen Leidenschaft und der tiefen Seelen stehen zu bleiben.«

*

Stendhal war der erste Mann nach der Revolution, der, bei aller ausdrücklichen Schätzung der politischen Errungenschaften, den Mut fand, das *ancien régime* zu bedauern, nicht als politischer Reaktionär, sondern als künstlerisch empfindende Persönlichkeit. Er war der erste, der sich über die wahre Natur der »Emporgekommenen« keine Illusionen machte, der erste, der die Bourgeoisie ehrlich hasste, mit einem Hass, in den sich der Ekel mischte. Schon hierin berührt er sich stark mit Nietzsche.

1   Zukunft, 1899, Nr. 25.

Er tut es noch stärker in seiner Auffassung der Religion und Moral, und zwar noch mehr auf der positiven als auf der negativen Seite dieser Auffassung. Hier liegt das Besonderste, das die beiden gemeinsam haben. Gegner des Christentums, Gegner der Religionen und der Religion gab es viele. Die wenigsten zeigten sich fähig, dem, was sie bekämpften, dennoch gerecht zu werden. Weder die Voltairianer des XVIII. noch die Materialisten des XIX. Jahrhunderts waren fähig, das religiöse Genie überhaupt zu begreifen. Zum Teil ahnten sie es kaum.

Stendhal aber war kein Begreifender wie Nietzsche. Z. B. das asketische Ideal, wie Nietzsche sich ausdrückt: Es wurde in seiner gewaltigen pädagogisch-psychologischen Bedeutung für die europäische Kultur und Menschheit von niemand tiefer begriffen und schöner erklärt als von diesen beiden heftigsten und weitgehendsten Gegnern eben dieses Ideals.

Sehr sympathisch wird es Nietzsche berührt haben, dass Stendhal kein Mann vom Handwerk war, sondern ein Weltmann im weitesten Sinn des Wortes. »Jedes Handwerk hat seinen Buckel«, sagt Nietzsche. Es wird ihn angenehm berührt haben, in Stendhal keinen Buckel zu finden. Stendhal war bald Krieger, bald Administrator, bald Kaufmannsgehilfe, bald Diplomat. Er war sogar napoleonischer Höfling. Tourist war er, wann er nur konnte. Und immer war er Dilettant, in dem Sinn, in dem Schopenhauer dem Dilettanten vor dem Berufsmenschen so entschieden den Vorzug gibt. Wer Nietzsche auch nur oberflächlich kennt, weiß genau, wie er in dieser Beziehung dachte: dass ein solcher Schriftsteller die Vorbedingung, Wahrheiten zu finden und Wahrheiten zu sagen, gefährliche Wahrheiten, eher erfüllte als ein staatlicher Professor, wenngleich Nietzsche selber einmal einer war.

Gerade zu Stendhals Zeit waren die Schriftsteller mehr »Schriftsteller«, mehr die Sklaven ihres Handwerks als je zuvor. Man denke nur an Balzac als das auffallendste Beispiel. Balzacs übermenschlicher Fleiß erfüllt uns gewiss mit staunender Bewunderung. Wir erkennen eine Kraft, die über alle Maßstäbe hinausgeht. Aber eine Bewunderung ohne Einschränkung ist hier einfach dumm. Denn wenn auch fürs Erste der Ungeheuerlichkeit des Fleißes die Ungeheuerlichkeit des Werkes entsprach; in letzter Instanz bleibt dieses Verhältnis keineswegs bestehen. Denn von dem ungeheuerlichen Werk werden doch nur, wenn es gut geht, drei oder vier Bände lebendig bleiben. Und diese wären leicht noch lebenskräftiger und lebenwirkender, wenn auch ihr Autor mehr gelebt und weniger geschrieben hätte. Ich sage dies keineswegs als Vorwurf. Ich konstatiere bloß. Der Mensch tut nicht was er will.

Aber Balzac hat ansteckend gewirkt. Sein Schüler Zola z. B. »La vie seule est belle«, ruft er aus. Aber hat er sich je einmal von der Schönheit des Lebens locken lassen, der brave Mann? Er ist ihr aus dem Weg gegangen. Er hat sich vergraben. Nur wenn er ein Buch machen wollte, »studierte« er den betreffenden »Ausschnitt« Leben. Wenn andere Leute nach Rom gehen, so tun sie es Roms wegen, Zola tut es seines Romans wegen. Nur wegen seines Romans interessierte ihn Rom.

Mit diesen Sklaven ihres Handwerks hat Stendhal fast nichts gemein, obwohl er sehr viel geschrieben hat, obwohl das *nulla dies sine linea* durchaus von ihm gilt. Aber er war sich bewusst, dass alles Geschriebene ein Produkt des unmittelbaren Lebens sein muss, mehr als des Fleißes. Auch hört man die andern immer seufzen unter ihrer Aufgabe. Ein schreckhaftes *memento scribere* lässt sie kaum zu sich selber kommen. Stendhal schreibt nicht aus einer Aufgabe heraus. Er schreibt jeden Tag seine Zeile, aber er schreibt kein »Pensum«, und was er auch schreibt, *memento vivere* steht in allen oder zwischen allen seinen Zeilen.

Alle handwerkliche Wichtigtuerei stank ihm zum Hals heraus. »Es ist eine traurige Sache um unsere literarischen Urteile, Zeitungen, Vorträge etc. Dies Gelärm verekelt den zarteren Naturen die ganze Dichtung. Wenn man die Verse eines nordischen Dichters mit Vergnügen lesen will, darf man ihn nicht von Person kennen; ihr werdet einen Gecken finden, der ›meine Muse‹ sagt.«

*

Noch vieles andere in Stendhal mag Nietzsche mächtig angezogen haben: dass Stendhal weich und zart war von Natur und ein Harter geworden ist; dass er ein geborener Enthusiast ist und doch so kühl sein kann; dass seine Seele immer schamhaft und sein Mund oft zynisch ist.

Und ganz besonders muss ihn entzückt haben, was man Stendhals Religion nennen kann: seine Verherrlichung des Krieges und der Gefahr, sein unerschütterlicher Glaube, dass nur unter ihnen die menschliche Pflanze gedeiht zu Kraft und Schönheit.

Die Großheit der florentinischen mittelalterlichen Architektur erklärt er aus dem Umstand, dass in diesen Straßen oft die Gefahr umging. »Die Abwesenheit aller Gefahr in den Straßen aber ist es, die uns so klein macht.«

Und so wie die Gefahr vergöttert er die Leidenschaft. »Mit Staunen und Bewunderung steht man vor den Meisterwerken der alten Zeit, gezeugt von der Kraft der Leidenschaften, und dann sieht man, wie später alles unbedeutend wird, kleinlich, verrenkt und verengt, sobald der Sturm der Leidenschaften aufhört, das Segel zu schwellen, das die menschliche Seele vorwärts treiben muss, jene Seele, die nichtig und armselig wird, wenn sie ohne Leidenschaften ist, das heißt ohne Laster und Tugenden.«

Das klingt doch ganz nach Nietzsche. In solchen Sätzen mag der »große Unzeitgemäße« sich wie im Spiegel gesehen haben.

Denn ein Unzeitgemäßer war vor allem auch Stendhal. »Man müsste die Meinungen haben, die die Mode gerade vorschreibt. Ich bin leider in dieser Beziehung übel daran. Mein Glück besteht in meinen Überzeugungen, sie mag ich nicht vertauschen gegen das Vergnügen der Eitelkeit und die Vorteile des Geldes. Der Himmel hat mich so wenig mit dem Instinkt weltlichen Erfolgs bedacht, dass ich mich mit aller Gewalt in den Anschauungen bestärke, von denen man mir sagt, dass sie unzeitgemäß sind, und dass es meine höchste Lust ist, auf Tatsachen zu stoßen, die mir solche gefährliche Wahrheiten immer wieder aufs Neue beweisen.«

Stendhals Leidenschaft für die Klarheit, Klarheit über sich und über andere, die vielleicht stärker in ihm war als irgendetwas: Sie bildet auch ein Band zwischen ihm und dem Verfasser des »Menschlichen und Allzumenschlichen«. Damit hängt zusammen seine Liebe für alles Sonnige und Südliche, seine Liebe für Montesquieu und das XVIII. Jahrhundert, für Mozart, Rossini, Cimarosa. Er wäre in unsern Tagen der größte Anti-Wagnerianer geworden und ohne Nietzsches Wandlungen erst nötig zu haben.

Wissenschaft, Philosophie, Kunst können uns nicht mehr genügen, wir sehnen uns nach etwas Höherem. So schreiben heut gewisse deutsche Universitätshofräte und Wagner-Apostel. Nach etwas Höherem! Die »christlich-germanische Weltanschauung«, als Grundlage einer zukünftigen deutschen Kultur, muss auf etwas *Höherem* beruhen als auf Kunst, Philosophie und Wissenschaft. Nietzsche, und Stendhal mit ihm, hätten das genannt ein Fischen im Trüben, ein Munkeln im Dunkeln.

*

Dem Wort »Übermensch« begegnen wir natürlich nicht in Stendhals Werk; aber die Kultur des Übermenschen tritt uns darin aus jeder Seite entgegen. Julien Sorel, in »Le Rouge et le Noir«, ist dessen werdende Inkarnation; und sein zeitgemäßer Typus, Napoleon, schwebt über Stendhals Werk wie der Geist Gottes über den Wassern. Stendhal wird davon, oft wider seinen Willen, fasziniert wie ein Heiliger von seiner Vision.

In diesem Punkt ist er ganz konsequent.

Und doch ist Konsequenz nicht seine starke Seite. In der Malerei stellt er die Farbe himmelhoch über die Linie, in der Sprache, im Stil, verabscheut er sie über alle Maßen. Auch in der Musik bevorzugt er weitaus die strenge Linie, die reine Melodie. Wenn Nietzsche sich gedrängt fühlt, die großen »Künstler« Molière, Corneille, Racine »nicht ohne Ingrimm gegen das wilde Genie Shakespeares«, in Schutz zu nehmen, so ist er ganz in der Konsequenz seiner künstlerisch ästhetischen Entwicklung. Stendhal hasst Racine ganz wie die Romantiker tun; aber er liebt von ganzem Herzen die farblosen Schriftsteller des XVIII. Jahrhunderts, die von den Romantikern noch mehr verachtet wurden. Und er stellt wieder Shakespeare über alles.

Stendhal ist der Unsinnlichkeit und der Verständnislosigkeit für bildende Kunst, wodurch sich die französische Literatur des XVII. und XVIII. Jahrhunderts charakterisiert, mit scharfer Kritik zu Leibe gerückt, und ist doch tiefer in den literarischen Traditionen jener Jahrhunderte stecken geblieben als irgendein Schriftsteller seiner Zeit.

Was bei vielen als Widerspruch erscheint, ist oft nur Wandlung, Entwicklung. Bei Stendhal ist wenig Entwicklung zu beobachten, und die Widersprüche liegen in ihm hart nebeneinander. Daran werden manche Geister großes Ärgernis nehmen. Andere vielleicht finden darin einen besondern Reiz ...

»Wenn Sie mich beim Wort nehmen«, sagt Ludwig Bamberger einmal, »kann ich überhaupt nicht schreiben; es ist schon an sich genugsam eine brotlose Kunst.«

Stendhal war eine selten wahre Natur. Man kann aber die Beobachtung machen, dass sich die innerlich wahren Menschen mehr widersprechen als die verlogenen. Sie sind unbekümmert. Was sie in jedem Augenblick aussprechen, ist immer ihre Überzeugung. Das genügt ihnen. Die Unwahren werden dagegen ängstlich darauf bedacht sein, ihre Verlogenheiten untereinander in Übereinstimmung zu bringen und ihnen so den Schein der Wahrheit zu geben. Sie sprechen nur im »Brustton« der Überzeugung.

*

Endlich war Stendhal, ganz im Sinne Nietzsches, ein guter Europäer. Stendhal hat seinem Vaterland wiederholt und mit großem Eifer Dienste getan. Insofern war er ein guter Bürger und Patriot. Aber er war kein Maulpatriot. Er fand, dass man niemand schmeicheln dürfe, nicht einmal seiner Nation. Das war für Frankreich ein kühner Grundsatz. Stendhal meint sogar, dass einer, der die Menschen kenne, naturgemäß das Land hasse, wo er sich diese fatale Kenntnis erworben hat. Ein bisschen etwas hat davon schon jeder erfahren. Nietzsche hat nicht allein harte Worte gegen Deutschland. Wir finden einige recht böse auch bei dem milden Goethe. Wir sind aber auch in diesem Punkt die mündigste und männlichste Nation. Der Mann von Verdienst darf sich in diesem Sinn bei uns mehr Freiheit und Kühnheit herausnehmen als irgendwo. Oder vielmehr, es ist dazu bei uns gar keine Kühnheit erforderlich. Das braucht keine Schmeichelei zu sein. Man kann es als das Gegenteil auffassen. Jedenfalls ist es Tatsache. Eine Art Chauvinismus kennt man bei uns in neurer Zeit wohl auch. So weit sich nämlich Chauvinismus künstlich züchten lässt. Aber das ist eine gemachte Sache und geht nicht weit. Den volkstümlichen Chauvinismus kennen wir kaum, diesen naiven, milden, unvorsätzlichen Chauvinismus – eine Sache, die sehr weit geht, wie jede Elementarkraft.

Das aber war von je her der Chauvinismus in Frankreich. Ihm zu trotzen haben wenige gewagt in unsern und in vergangenen Tagen. Zu diesen wenigen gehört Stendhal. Ja, so weit wie er ging nicht leicht einer. Es will am Ende wenig heißen, dass er immer und immer wieder die französische Nationalschwäche, die Eitelkeit geißelt und dass er mit wenig Achtung von der französischen Musik spricht. Es mochte auch hingehen, dass er fort und fort die Einseitigkeit der französischen

Literatur betont, insbesondere die Abkehr der literarischen Bildung von der bildenden Kunst; denn dieser Vorwurf stimmte schon kaum mehr auf die Gegenwart, hatte nur noch historische Bedeutung. Aber dass er zwei so eminent französischen Gewächsen, wie der Pariserin und dem *esprit*, statt mit Begeisterung mit kühler Kritik gegenüber stand und unausgesetzt bemüht war, die Geziertheit und Gekünsteltheit der einen und die Borniertheit und Sterilität des andern darzutun: Wem das die Franzosen zuletzt verzeihen konnten, der musste viel zu seinen Gunsten in die Waagschale zu legen haben.

Das heißt, ein hervorragend glänzender Stil konnte vielleicht genügen. Aber Stendhal hatte das Gegenteil ...

So wenigstens sagen es die Leute. So wenigstens lesen wir es in den herkömmlichen französischen Literaturgeschichten. So betont es ganz besonders der deutsche Übersetzer von »Le Rouge et le Noir«. Und er glaubt noch besonders hervorheben zu müssen, dass er den schlechten Stil seines Autors unverfälscht und unverbessert in sein geliebtes Deutsch übertragen hat, worauf sich Friedrich von Oppeln-Bronikowski nicht gerade viel einzubilden braucht. Denn dass der Stil eines französischen Autors durch deutsche Übersetzungen verbessert worden ist, hat man überhaupt noch nicht gehört. Dieser Vorwurf ist noch keinem Übersetzer gemacht worden. Herr von Oppeln hatte ganz unnötig Angst, dass er ihm gemacht werden könne. Eher hat man schon von dem und jenem Deutschen behauptet, der sich in der Übersetzung französischer Autoren versuchte, dass sein eigener Stil dadurch gewonnen habe. Ich glaube, nicht einmal das wird man dem Übersetzer von »Le Rouge et le Noir« nachsagen.

Selbst ein Mann wie Georg Brandes stimmt mit ein in das Lied vom schlechten Stil. Er nimmt Stendhals Wort vom *Code civil*, diese Übermuts- und Missmutsäußerung gegen die romantischen Sprachausschweifungen, allzu wörtlich und meint: »Man kann sich als Dichter nicht mit unverständiger Geringschätzung für das Künstlerische ausdrücken.«

Diese Äußerung von Brandes hätte nur dann einen Sinn, wenn es sich um einen Schriftsteller handelte, der sich um Stil überhaupt den Teufel schert, was es wohl in Deutschland massenhaft, in Frankreich aber vielleicht überhaupt nicht gibt. Und Stendhal gar war alles eher als gleichgültig der Stilfrage gegenüber. Der Stil war vielmehr seine große Präokupation. Nicht den Stil verachtet er, sondern nur den herrschenden Stil seiner Zeit: den Stil Chateaubriants, den Stil der »Corinna«, den Stil der George Sand. Und Gautiers Prosa machte ihm gewiss Bauchweh. Er war das Gegenteil von gleichgültig, er war außerordentlich empfindlich in Stilsachen. Er war eben in seinem Stil ganz er selber. Und insofern hatte er mehr Stil als alle andern.

Nur entging den andern, was gerade seinen Stil ausmachte.

Er selber war sich klar. Man braucht ihn nur zu hören, wie er über andere urteilt. Über Rousseau z. B.: »Da die reichen Leute von Genf, sagt er, den Verfasser der Heloise verachten, d. h. hassen, so hat sein Stil hierzuland keinen Nachahmer gefunden. Darüber muss man sich freuen. Mein Stil ist berufen, große Narren zu machen, lautet ein Wort Michelangelos. Jean-Jacques hätte ihm diese Idee stehlen können. Dieser Komödiantenstil begünstigt die Heuchelei, die jetzt allen Franzosen nötig ist. Er macht den Dummköpfen ihr Handwerk leicht … Man sehe nur unsern schönen gegenwärtigen Stil. Aber wie wird ihre angeborne Sterilität auf eine harte Probe gestellt, so wie sie die wunderbare Klarheit Voltaires oder die Kondensiertheit Montesquieus nachahmen wollen. Und vollends der gehaltvolle Stil Bayles, der ist für sie ganz unmöglich.«

Stendhal zitiert mit Vorliebe das Wort Montesquieus: »*Dans le commun des livres on voit un homme qui se tue à allonger ce que le lecteur se tue à abréger.*«

Dann höre man ihn über Diderot: »Zweifellos hat dieser Schriftsteller Emphase; aber wie hoch wird er nicht im Jahr 1856 der Mehrzahl der zeitgenössischen Schönredner überlegen geachtet werden. Seine Emphase kommt nicht von der Armut der Ideen her, etwa um dieselbe geschickt zu verstecken. Das Allzuviele, was ihm sein Herz darbietet, drängt auf ihn ein …«

Und welches interessante Gegengift Stendhal empfiehlt. Diderot hätte, meint er, so charakteristisch für sich selber, mit zwanzig Jahren einer Weltdame den Hof machen und die Keckheit haben sollen, in ihrem Salon zu erscheinen. Dann wäre seine Emphase verschwunden: Sie ist nichts als ein Rest provençalischer Gewohnheiten. Möglicherweise auch dachte er mit Voltaire, dass es besser sei, stark als genau zu treffen. Bei dieser Methode gefällt man einer größeren Leserzahl. Aber dafür setzt man sich auch der Gefahr aus, die Menschen, die Correggio und Mozart fühlen, tödlich zu verletzen.

Außerordentlich fein charakterisiert er sich selber in seinen Worten über Balzac: »Ich wünschte nur (bei Balzac) einen einfacheren Stil. Aber würden die Provinzler ihn dann kaufen? Ich vermute, dass Balzac seine Romane in zwei Malen schreibt, erst einfach und verständlich, dann sie einkleidend in Schwulst mit den ›*Pâtiments de l'âme*‹, ›*il neige dans mon cœur*‹ und andern schönen Sachen.«

Stendhal kann noch deutlicher werden: Um über die Vollkommenheit einer Sprache ein gesundes Urteil zu fällen, muss man nicht die Meisterwerke in Betracht ziehen. Das Genie täuscht. Meiner Ansicht nach findet sich die Vollendung des Französischen in den Übersetzungen der Einsiedler von Port-Royal ums Jahr 1670. Nun gut, das ist gerade dasjenige Französisch, das die Marseiller und Lyoner Kaufleute am wenigsten verstehen. Sie würden fürchten, sich ihre Ehre abzuschneiden, wenn sie etwas guthießen, was in ihren Augen so leicht aussieht. Man begegnet überall der Fielding'schen Kellerratte.

In den Augen Stendhals war der herrschende Stil seiner Zeit, das geht aus all dem deutlich hervor, ein plebejischer Stil.

Wollt Ihr sein schönstes Wort über Stil hören? »Ein Mensch ist gut angezogen«, sagt er, »wenn im Augenblick, wo er einen Salon verlassen hat, niemand sagen kann, wie er angezogen war. Gerade so ist es mit den Manieren und wie ich zu behaupten wage, mit dem Stil. Der beste Stil ist der, der sich nie bemerkbar macht und die Gedanken, die er ausspricht, am klarsten sehen lässt. Aber Gedanken müssen da sein, wahre oder falsche.«

So. Und nun habt noch den Mut, zu behaupten, Stendhal habe keinen Stil ...

In Zolas Roman »Expérimental« lesen wir: »Voilà un ecrivain qui a écrit avec son sang et sa bile, et qui a laissé des pages inoubliables d'intensité et de vie. J'ai tort même de l'appeler un écrivain; il était mieux que cela, car il ne semble pas s'être soucié d'écrire ... Chez nos plus illustres auteurs, on sent la rhétorique, l'apprêt de la phrase; une odeur d'encre se dégage des pages. Chez lui, rien de ces choses ...«

Diese Worte sind nicht auf Stendhal gemünzt, aber sie könnten es sein. Sie passen wundervoll auf ihn. Und in der Tat dachte Zola sehr hoch von Stendhal als Stilisten, der nichts so sehr verabscheute als

»Stil zu schreiben«, aber der den Stil seines Talents hatte, von solcher Originalität, bei aller gelegentlichen Unkorrektheit, dass er typisch geworden ist. So ungefähr lauten Zolas Worte. Und er rühmt Stendhals farblose Trockenheit, und seine abgerissenen, scharfkantigen und einschneidenden Sätze als ein unvergleichliches Werkzeug der Analyse. Zola findet zuletzt ein grandioses Bild: »C'est comme un lac glacé à la surface, peut-être bouillonnant dans ses profondeurs et qui réfléchit avec une vérité inexorable tout ce qui se trouve sur ses bords.«

Es liegt nicht in meiner Absicht, hier einen Essay über Stendhal zu schreiben. Viel des Vortrefflichsten ist über ihn gesagt worden, von Balsac und Mérimée, von Sainte-Beuve und Teine, von Zola, Bourget und Eduard Rod; ich bilde mir nicht ein, Besseres vorbringen zu können. Nur über die gegenwärtige Veröffentlichung möchte ich mir noch ein paar Worte erlauben.

Man wird mir vielleicht einen Vorwurf daraus machen, dass ich von einem so bedeutenden Schriftsteller ausgezogene »Aphorismen«, also Bruchstücke gebe. Für Uneingeweihte könnte der Vorwurf auch berechtigt erscheinen. Aber er ist hinfällig für jeden, der Stendhal einigermaßen kennt.

Diesem eminenten Schriftsteller mangelhaften Stil vorzuwerfen, ist ein Missverständnis; ein anderes aber, was man ihm zur Last legt, kann nicht bestritten werden. Stendhal hat keinen Sinn für die Komposition eines großen Ganzen. In diesem Sinn ist er kein Franzose, kein Künstler, kein Artist, wie Nietzsche und Hermann Bahr zu sagen lieben. In diesem Sinn hat Pellisier recht, wenn er von Stendhal spricht, als von einem Schriftsteller, »qui répand à l'aventure de très ingenieux aperçus, qui, d'ailleurs, n'a pas plus de méthode que de système«, und wenn er sogar von seinen verhältnismäßig vollendetsten Werken sagt: »L'action de ses romans se disperse à tort et à travers, elle est fragmentaire, décousue, faite de parties qui ne se subordonnent pas ... elle manque de continuité ... nous y sentons un esprit inhabile à rassembler autour d'un centre commun les éléments qu'isole sa pénétrante analyse.« Noch mehr als von seinen Romanen gilt das von seinen zahlreichen übrigen Werken. Und so nennt auch Brandes nicht mit Unrecht »seine Bücher elend genug entworfen«, aber »wimmelnd von unvergesslichen Aussprüchen«, von »meisterhaft ausgeführten Einzelheiten«, ganz »seiner aphoristischen Denkweise« entsprechend.

14

Da haben wir das Wort. Stendhal hat in Wahrheit Aphorismen geschrieben.

Als Ganze können, besonders in deutscher Übersetzung, allenfalls in Betracht kommen: »Le Rouge et le Noir«, »La Chartreuse de Parme«, das Buch »De l'Amour«. Und vielleicht die italienischen Chroniken. Mit den folgenden »Aphorismen« habe ich an keines dieser Werke gerührt.

Hier und da ist einer der kurzen Aussprüche in der Ursprache stehen geblieben; es geschah, weil ich fürchtete, die wunderbare Prägung durch Übersetzung zu verwischen.

Über ihren Sinn nur ein Wort: Ich bin nicht der Meinung, dass man keinem dieser Gedanken widersprechen soll. Ganz im Gegenteil.

»Ich rate, überall misstrauisch gegen mich zu sein«, sagt Stendhal selber.

Und hat nicht Nietzsche sich ähnlich geäußert?

Mannheim, Ostern 1901.

Benno Rüttenauer

Der Autor über sich selber

Berlin, 2. Sept. 1816. Ich öffne den Brief, der mir einen Urlaub von vier Monaten bewilligt. Freudenrausch, Herzklopfen. Wie töricht bin ich noch mit 26 Jahren! Ich werde also Italien sehen. Aber ich werde es dem Minister nicht sagen: Die Eunuchen haben immer einen hellen Zorn gegen die Ganzen. Ich mache mich auch auf zwei Monate »Kälte« nach meiner Rückkehr gefasst. Aber diese Reise ist mir ein zu großes Glück, und wer weiß, in drei Wochen geht vielleicht die Welt unter.

*

Ich habe bis in diese letzten Tage die Aristokraten zu hassen geglaubt. Mein Herz glaubte ehrlich mit meinem Kopfe zu gehen. Der Bankier R. sagte mir eines Tages, er sähe ein aristokratisches Element in mir. Ich hätte geschworen, zehn Meilen davon entfernt zu sein. Aber ich habe diese Krankheit nun wirklich an mir gefunden, und es wäre eine grobe Selbsttäuschung gewesen, mir einzubilden, dass ich mich davon heilen könnte: Ich gebe mich ihr mit Wollust hin.

Was ist denn mein Ich? Ich weiß es nicht. Ich bin eines Tages auf dieser Erde aufgewacht; ich finde mich an einen Körper, an einen Charakter, an ein Schicksal gebunden. Soll ich mich vergeblich mit ihrer Änderung beschäftigen, und inzwischen zu leben versäumen? Das wäre Tollheit. Ich unterwerfe mich ihren Mängeln. Ich unterwerfe mich meinen aristokratischen Instinkten, nachdem ich zehn Jahre lang in ehrlicher Überzeugung gegen alle Aristokratie gepredigt habe.

*

Ich hatte Zeit für mich übrig und bin nach Isle gegangen, um dort zu übernachten und Vaucluse zu sehen. Dann habe ich mich an dem Triumphbogen von Carpentras und seinen wunderbaren Gefangenen in Bas-Relief erbaut. Aber man muss eine sonderbare Seele haben, um solche Sachen und Petrarcas Sonnette zu lieben.

*

Die lebendigen Schönheiten, die ich treffe, sind mir eine Erholung von der Schönheit der Kunst. Und umgekehrt lässt mich das Studium der

Kunstwerke den Reiz schöner Frauen tiefer fühlen und macht mich den Geldinteressen und all den andern traurigen und öden Gedanken unzugänglicher. Wenn man ein derartiges Leben führt, so ist man gewisslich nahe daran, mit tausend Talern Einkommen glücklich sein zu können.

*

Man müsste die Meinungen haben, die die Mode gerade vorschreibt. Ich bin leider in dieser Beziehung übel daran. Mein Glück besteht in meinen Überzeugungen; sie mag ich nicht vertauschen gegen das Vergnügen der Eitelkeit und die Vorteile des Geldes. Der Himmel hat mich so wenig mit dem Instinkt weltlichen Erfolgs bedacht, dass ich mich mit aller Gewalt in den Anschauungen bestärke, von denen man mir sagt, dass sie unzeitgemäß sind, und dass es meine höchste Lust ist, auf Tatsachen zu stoßen, die mir solche gefährliche Wahrheiten immer wieder aufs Neue beweisen.

*

Als redlicher Mann wünschte ich, besonders wenn ich das Opfer italienischer Polizeischikanen bin, dass die ganze Erde eine so geordnete Verwaltung hätte wie New York. Aber in jenem moralischen Lande würde die Langeweile meinem Dasein bald ein Ende machen.

*

Ich liebe die schönen Landschaften: Sie bringen manchmal auf meine Seele denselben Eindruck hervor wie der Bogen eines Künstlers auf einer klangvollen Geige. Sie geben mir närrische Anwandlungen. Sie mehren mein Glück und machen mir das Unglück erträglicher.

*

Ich werde stutzig. Es ist wohl lächerlich zu sagen, dass man die Kunst liebt. Das heißt gestehen, dass man vortrefflich ist.

*

Ich würde genötigt sein, Stil zu schreiben, wenn ich eine Ahnung von dem geben wollte, was wir unwillkürlich empfanden, als wir um ein Uhr morgens durch den Wald der Villa Aldobrandini nach Grotta

Ferrata zurückfuhren. Ich würde, wenn ich es zu malen versuchen wollte, diese göttliche Mischung von Wollust und seelischer Berauschtheit verderben; und nach alledem würden die Bewohner der Isle-de-France mich doch nicht verstehen. Das Klima ist hier der größte Künstler.

Ich rate aller Welt und selbst mir, misstrauisch gegen mich zu sein. Die Hauptsache ist, nichts zu bewundern, als was wirklich Vergnügen gemacht hat.

*

Ein armer korsischer Bediensteter, namens Cosimo, hat dieser Tage ganz Florenz skandalisiert. Er erfuhr, dass sich zu Haus seine Schwester, die er seit zwanzig Jahren nicht gesehen hatte, von einem Mann aus einer feindlichen Familie verführen ließ. Er brachte die Sachen seines Herrn in die größte Ordnung, dann ging er nach einem Gehölz eine Meile von hier und schoss sich eine Kugel durch den Kopf. Was einfach vernünftig ist, gibt der Kunst keinen Stoff. Ich habe vor einem braven Republikaner der Vereinigten Staaten Hochachtung, aber ich vergesse ihn in ein paar Tagen für immer. Er ist für mich kein Mensch, er ist eine Sache. Ich werde aber niemals den armen Cosimo vergessen. Stehe ich mit einer solchen Auffassung allein? Der Leser muss darauf antworten.

*

Im Allgemeinen ziehe ich denjenigen Provinzler, der die Schönheiten seiner Landschaft nicht kennt, dem enthusiastischen vor. Wenn ein Einwohner Avignons mir die Fontäne von Vaucluse anpreist, so macht er mir den Eindruck eines indiskreten Menschen, der mir von einer geliebten Frau spricht und in pomphaften Worten gerade die Reize preist, die sie nicht hat, und an deren Abwesenheit ich nie gedacht hatte. Sein Lob wird eine feindliche Herabsetzung.

*

Rom. Ach, diese römische Träumerei, die uns so süß erscheint und uns die Interessen des wirklichen Lebens vergessen lässt! Wir können sie im Kolosseum wie im St. Peter gleichermaßen finden, je nachdem unsere Seele aufgelegt ist. Was mich betrifft, wenn ich darein versenkt bin, da gibt es Tage, wo man mir ankündigen könnte, dass ich Herrscher der Welt sei: Ich würde nicht geruhen, mich aufzumachen, um meinen Thron in Besitz zu nehmen; ich würde das auf einen andern Tag aufschieben.

*

Um von mir selber zu reden, und mich für einmal und alle Zukunft entschuldigend, gestehe ich, dass mich alle Moralpredigt langweilt, und dass ich die Erzählungen La Fontaines den schönsten Tiraden des guten Jean Jacques vorziehe.

*

Man wird mich wahrscheinlich für einen Verrückten ausgeben, aber ich halte nun einmal an der Wunderlichkeit fest, die Wahrheit zu sagen – die gefährlichen Wahrheiten natürlich ausgenommen.

*

Wird man mich anklagen, jene Sitten zu verteidigen, weil ich sie beschreibe? Mich, der fest daran glaubt, dass die Keuschheit die Quelle der großen Liebe ist? Um mich zu rächen, werde ich an das dreckige Leben derer denken, die mich verleumden.

Ich bedaure, dass es nicht eine Geheimsprache gibt, die nur den Eingeweihten bekannt ist. Ein ehrlicher Mensch könnte dann von der Leber weg sprechen und gewiss sein, dass er nur von seinen *pairs* verstanden wird. Ich würde dann vor keiner Schwierigkeit zurückscheuen.

*

Ich habe mich oft, statt eines allgemeinen Ausdrucks, der für den Verfasser weniger gefährlich gewesen wäre, des unverhüllten eigentlichen Wortes bedient. Nichts verstößt mehr gegen die schöne Sitte des neunzehnten Jahrhunderts. Aber ich bleibe bei dem unverhüllten und unverhüllenden Wort, bei den »starken Ausdrücken«.

*

Offen gestanden, das ist einer der unglücklichsten Augenblicke meines Lebens. Alles trägt dazu bei. Z. B. haben Kollegen, die ich verachte,

Auszeichnungen bekommen, von denen ich weiter denn jemals entfernt bin. Mein Ruf eines Querkopfs wird sich bestärken, und was es etwa Gutes in mir geben mag, wird mir als Fehler angerechnet werden. Hundert Diners, in seidenen Strümpfen, mit besternten Dummköpfen, und fünfhundert Whistpartien mit alten Weibern werden kaum genügen, um meinen dummen Streich (seine Reise nach Italien) ein wenig in Vergessenheit zu bringen. Und als Gipfel alles Unglücks, nicht die leiseste Illusion. Fühlen, dass diese Leute da Dummköpfe sind, die in zehn Jahren alle Welt laut verachten wird! Und doch mit ihnen mein Leben zu verlieren! Ich bin sehr unglücklich.

Aber wie ich mir's auch überlege: Ich würde meine Reise noch einmal von vorne anfangen, wenn sie wieder zu machen wäre. Nicht, dass ich in der Richtung des Verstandes etwas gelernt hätte. Aber die Seele hat dabei gewonnen. Das Greisentum des Herzens ist mir um zehn Jahre zurückgewichen. Ich habe die Möglichkeit eines neuen Glückes gefühlt. Alle Kräfte meines Wesens sind genährt und gestärkt worden. Ich fühle mich verjüngt. Die trocknen Alltagsmenschen vermögen nichts mehr über mich. Ich kenne jetzt das Land, wo man jene Himmelsluft atmet, deren Existenz sie leugnen; ich bin nun ehern für sie.

Über Kunst im Allgemeinen

Es ist das ein Verhängnis: Der Mangel an Physiognomie scheint an allem zu kleben was modern ist. Alles hetzt uns, wie auf Verabredung, ins Langweilige.

*

Eine traurige Betrachtung beherrscht alle andern. Das System der zwei Kammern wird die Welt durcheilen und den schönen Künsten den Todesstoß geben. Anstatt schöne Kirchen zu bauen, werden die Herrscher daran denken, ihr Geld auf der Bank von England sicher zu legen, um im Fall ihres Sturzes reiche Privatleute zu sein.

*

Nur in kranken Muscheln findet man Perlen. Ich verzweifle an der Kunst, seit wir einer Regierung der öffentlichen Meinung entgegengehen. Unter ihr wird es immer als Absurdität erscheinen, eine Peterskirche zu bauen. Gibt es nicht tausend nützlichere Arten, fünfhundert Millionen auszugeben? Gibt es nicht zweihunderttausend Arme zu unterstützen, die Hälfte der römischen Campagna fruchtbar zu machen, acht oder zehn großen römischen Familien die Majorate abzukaufen und an zweihunderttausend Bauern aufzuteilen, die nichts als einen Acker verlangen, um keine Räuber sein zu müssen?

Um 1730 hatte die päpstliche Regierung, ich weiß nicht durch welchen Zufall, eine Million auszugeben. War es besser, die Fassade von San Giovanni im Lateran zu bauen, oder einen Quai, der den Tiber entlang von der *Porta del Popolo* bis zur Engelsbrücke führte!

Die Fassade ist hässlich; aber darauf kommt es nicht an. Der Papst entschied sich für die Fassade, und Rom wartet heute noch auf einen Quai, der vielleicht das Fieber vermindern würde.

*

Jedes Jahrhundert hat seine Aufgabe. Darauf muss es seine ganze Kraft wenden. Unsere Aufgabe (des revolutionären Frankreichs) besteht darin, politische Konvertiten zu machen. In dieser Absicht reden wir, betrogene Betrüger, ewig von Güte, Gerechtigkeit, Nützlichkeit. Alle

21

Mühen und Diskussionen, die wir aufwenden, um der Welt die Güte, die Gerechtigkeit usw. einzureden: Zu einer Zeit, als Hannibal Caracci sich um die Aufmerksamkeit der Welt bemühte, standen alle diese Kräfte im Dienst der schönen Künste.

*

Die Bedingungen, die für das Gedeihen der Künste nötig sind, sind oft denen geradezu entgegengesetzt, unter denen allein die Völker glücklich werden. Außerdem können jene Bedingungen nicht dauern. Es ist dazu vor allem viel Muße nötig und starke Leidenschaften. Aber die Muße erzeugt den äußeren Schliff, und die Abgeschliffenheit und Höflichkeit tötet die Leidenschaften. Darum ist es unmöglich, ein Volk für die Künste zu erziehen. Alle edlen Seelen wünschen eine Wiedererweckung Griechenlands. Aber man würde eher etwas den Vereinigten Staaten ähnliches züchten können, als ein Zeitalter des Perikles. Wir nähern uns der Herrschaft der öffentlichen Meinung, und die öffentliche Meinung wird nie Zeit haben, sich für die Kunst zu begeistern. Was tut's? Die Freiheit ist das Notwendige, und die Kunst etwas Überflüssiges, das man sehr wohl entbehren kann.

*

Das Jahrhundert der Budgets und der Freiheit kann nicht zugleich das der schönen Künste sein. Die Eisenbahnen, die Armenpflege sind hundertmal mehr wert als die Peterskirche. Aber diese so nützlichen Dinge haben nichts mit der Schönheit zu tun. Daraus schließe ich, dass die politische Freiheit die Feindin der Kunst ist. Der Bürger New Yorks hat keine Zeit, das Schöne zu empfinden. Dennoch hat er oft diese Prätension. Aber ist nicht jede Prätension eine Quelle der Verstimmung und des Unglücks? Es tritt also ein durchaus peinliches Gefühl an die Stelle des wirklichen künstlerischen Genusses. Dennoch ist die politische Freiheit höher zu schätzen als alle Basiliken der Welt. Ich möchte übrigens nach keiner Seite hin schmeicheln.

*

Wenn das aktive Leben zu stark ist, erdrückt und erstickt es die schönen Künste ... Wo es dagegen gar kein aktives Leben gibt, versinken die Künste ins Leere und Nichtige, wie in Rom. Was die moralische

Lotterigkeit in Italien wertvoll macht, ist die Natur dieses Volkes, das selbst bei den Redeschlachten des Zweikammersystems sein Glück immer in die schönen Künste setzen wird. Das Theater San Carlo hat die Neapolitaner ihrem Könige anhänglicher gemacht als die beste Konstitution es getan hätte.

*

Wendet der Naivste unter uns nicht einen großen Teil seiner Zeit daran, nur um darüber nachzudenken, welche Wirkung er auf andere hervorbringt? Der aber, der dem Publikum zu trotzen scheint, beschäftigt sich vielleicht am meisten mit ihm. All diese Zeit über denkt der wirklich Unbefangene an seine Leidenschaft oder an seine Kunst. Kann man sich da wundern über die Überlegenheit der naiven und ehrlichen Künstler? Aber sie werden auch weder Zeitungsartikel in den freien Ländern, noch Ehrenkreuze unter monarchischen Regierungen erhalten.

Um also in Zukunft hervorzuragen, wird man sehr reich oder hochadelig sein müssen. Dann wird man sich über alle kleinen Versuchungen erhaben finden. Glaubt ihr, dass jemand ohne wahrhaftige Seelengröße in der Kunst des neunzehnten Jahrhunderts etwas Hervorragendes wird leisten können! Man kann viel Talent mit einer schwächlichen Seele verbinden. Seht Racine an, der ein Höfling sein möchte und vor Kummer stirbt, weil er Scarron erwähnt hat in Gegenwart seines Nachfolgers (Ludwigs XIV).

Man darf den Menschen nicht für besser halten als er ist. Ich bin überzeugt, dass mehr als ein rechtschaffener Künstler durch die Erfolge der Intriganten beunruhigt und entmutigt wird. Um also in Zukunft hervorzuragen, muss man reich oder adlig geboren sein. Das werden die Künste und Wissenschaften durch die Protektion der Regierenden gewonnen haben. In gewissen Ländern ist ein Schuster glücklicher daran als ein Maler. Von der Gewöhnlichkeit seines Berufes geschützt, wird der Schuster, der Tüchtiges leistet, sicher sein Glück machen. Ein schlechter Schuhmacher aber, der zufällig für den Minister arbeitet, wird deswegen nicht von dem ganzen Tross der bezahlten Scharlatans dem öffentlichen Neide ausgesetzt ...

*

Wenn man aber reich und adelig geboren ist, wie soll man der Eleganz, der Überverfeinerung entgehen und sich jene Urfülle an Kraft erhalten, die den Künstler macht und von der Welt so lächerlich gefunden wird?

Ich wünschte von ganzem Herzen, mich hierin zu täuschen.

*

Alfieri fehlte es an einem Publikum. Der gemeine Haufen ist den großen Männern notwendig, wie dem General die Soldaten.

In der Zivilisation wachsen die Menschen wie die Pflanzen im Keller. Wenn man von Rom nach Paris zurückkehrt, erstaunt man über die außerordentliche Poliertheit und die erloschenen Augen aller Leute, mit denen man zu tun bekommt.

*

Die Künste wurden in Italien gegen 1400 geboren. Sie erbten das Feuer, das die Republiken des Mittelalters in den Herzen hinterlassen hatten. Dies geheiligte Feuer, diese leidenschaftliche Hochherzigkeit atmet in Dantes Dichtung, die Herz und Geist Michelangelos bildete.

*

Die edlen Römer, die die Raphael usw. arbeiten ließen, vermochten es, die Talente zu werten. Sie waren nicht von der Art der modernen Fürsten, die im Schoße ihrer Paläste ihr Leben in Unfähigkeit hinbringen und jeden höhern Ehrgeiz verlernt haben. Es waren Männer, die nur eben erst ihre Macht verloren, aber allen Stolz und alle Ansprüche darauf bewahrt hatten, und die, im heimlichen Bestreben diese Macht zurückzuerobern, die schwierigen Leistungen zu schätzen und alles Große zu würdigen verstanden. Im Allgemeinen bot das sechzehnte Jahrhundert nirgends jene dumpfe Ruhe unsrer alten Monarchien, wo alles unterworfen zu sein schien, wo aber in Wirklichkeit nichts zu unterwerfen war.

*

In Italien begünstigten die allgemeinen Umstände noch ferner die Kunst; denn der Krieg ist ihr durchaus nicht entgegen, so wenig wie allem, was es im Menschenherzen Großes gibt. Man vergnügte sich; und während düstre Religionsstreitigkeiten und puritanischer Pedantismus die kalten Bewohner des Nordens noch trübseliger machten, baute man hier die Mehrzahl der Kirchen und Paläste, die Mailand, Venedig, Mantua, Rimini, Pesaro, Ferrara, Florenz, Rom und alle Winkel Italiens verschönern.

*

Zur Zeit Raphaels und Michelangelos war das gemeine Volk, wie immer, um ein Jahrhundert zurück; aber die höchsten Kreise schwärmten für die Schriften Aretinos und Machiavellis. Ariost gab Raphael für seinen Parnassus im Vatikan Ratschläge, und die Scherze, die er in seiner göttlichen Dichtung verstreute, fanden in den Palästen der Edlen lauten Widerhall. Die Religion brachte auf die höheren Klassen kaum eine andre Wirkung hervor als die, den Greisen eine Leidenschaft zu geben: Sie heilte sie von der Langeweile und vom Ekel aller Dinge durch die Furcht vor der Hölle.

Diese ungeheuerliche Furcht, vereinigt mit der Erinnerung an die Liebe, die Leidenschaft der Jugend, sie hat die Meisterwerke der Kunst geschaffen, die wir in den Kirchen bewundern. Von 1450 bis 1530 entstanden die schönsten Sachen. Sechzig Jahre später erzeugte die Ruhmbegierde eine neue Schule zu Bologna. Sie ahmte alle anderen nach, aber sie hatte auf weniger jungfräuliche Leidenschaften zu wirken. Naivität schadet vielleicht dem Verstande, aber ich halte sie unerlässlich für jeden, der in der Kunst etwas erreichen will.

*

Im fünfzehnten Jahrhundert war man feinfühliger. Die Konvenienzen erdrückten das Leben nicht. Man hatte noch keine großen Meister nachzuahmen. In der Literatur hatte die Dummheit noch kaum ein anderes Mittel, sich zu verhüllen, als sich hinter Petrarca zu verstecken. Übergroße Höflichkeit hatte noch nicht die Leidenschaften ausgelöscht. In allem war weniger Routine und mehr Natürlichkeit. Die großen Männer machten ihre Leidenschaft ihrem Talente dienstbar.

*

Die Loggien, unsterblich durch ihre herrliche Decke, sind mit entzückenden Arabesken geschmückt, die auf Schritt und Tritt die Fantasie in Überraschung versetzen. Das ganze liebenswürdige Zeitalter Leos X.

ist darin enthalten. Damals hatte der Genfer oder amerikanische Puritanismus die Welt noch nicht verdüstert. Die Puritaner tun mir leid, sie sind durch ihre Langweiligkeit selber am meisten gestraft. Den tristen Menschen kann ich nur raten, diese Arabesken nicht anzusehen. Ihre Seele würde doch nicht fähig sein, deren erhabene Grazie zu fühlen.

Der Regen von drei Jahrhunderten ist nicht imstande gewesen, diese Liebesmärchen von der Leda zu verwischen. Eine konsequente Moral müsste sie mit dem Maurerhammer herunterschlagen lassen. So war der Papst Leo X. Die Liebestollheiten einer Leda setzte er hart neben die berühmtesten Szenen der heiligen Geschichte. Es ist weit von Leo X. zu Leo XIII. (Leo XII.)

*

Leo X. hatte für die Wunder der Kunst die lebhafte Empfänglichkeit eines Künstlers. Dieser Fürst bildet darum eine Ausnahme unter den großen Männern, die der Zufall auf Throne gesetzt hat. Er ist auch allen traurigen Dummköpfen ein Ärgernis.

Dieser Papst liebte die Jagd. Seine Mahlzeiten wurden durch Spaßmacher erheitert, die damals noch nicht von den Höfen verbannt waren. Er verschmähte es, eine langweilige Würde zur Schau zu tragen. Über die Eitelkeit der Dummen an seinem Hofe machte er sich in jeder Weise lustig. Er fand es seiner nicht unwürdig, diesen Eseln jeden Schabernack zu spielen. Die ernsten Geschichtsschreiber möchten darüber aus der Haut fahren. Leo ließ sich manchmal hinreißen, den Zudringlichen Würden zu verleihen, die gar nicht existierten, und die also Gefoppten zum Gespötte des Hofes zu machen. Rom war entzückt von dieser Art Geist seines Herrschers. Das war Geist von seinem Geist.

Die Sitten des Papstes waren nicht reiner und nicht skandalöser als die aller großen Herren jener Zeit. Man muss immer im Auge behalten, dass erst seit Luther die Konvenienzen so ungeheure Fortschritte gemacht haben. Ganz Rom war damals heiter und guter Laune. Leo X. besonders liebte es, lachende Gesichter um sich zu sehen. War eine Jagd gut gelungen, so überhäufte er mit Wohltaten die Veranstalter und alles was sich um ihn befand. Man vergegenwärtige sich deutlich den ursprünglichen Geist und die Talente der Italiener zur Zeit der

Renaissance, man vergesse besonders nicht, dass damals noch keine militärische Steifheit die höfische Grazie verdarb, und man wird zugeben, dass in der ganzen Weltgeschichte nichts Liebenswürdigeres aufzufinden ist, als der Hof Leos X.

*

Eines der unglücklichsten Ereignisse für Italien und vielleicht für die Welt war der frühe Tod Lorenzos des Prächtigen.

*

In Nantes hat mich nichts auf so lange Zeit hinaus interessiert, als wie das Grabmal des letzten Herzogs der Bretagne, Franz II., und seiner Gemahlin Marguerite von Foix. Man sieht es im südlichen Kreuzarm der Kathedrale. Dieses Werk wurde 1507 von Michael Colomb ausgeführt und ist eines der schönsten Denkmäler der Renaissance. Oder ist es vielleicht nicht erhaben genug? Man kennt nur dieses eine Werk von dem großen Bildhauer, geboren in Saint-Pol-de-Léon. Eine naive Grazie, eine rührende Einfachheit charakterisieren diese reizenden Statuen. Vor allem sind sie keine Kopien eines immer sich gleichbleibenden, immer kalten Idealmodells. Das ist z. B. der große Fehler der Köpfe Canovas. Guido Reni war der erste, dem es einfiel, um 1570, die Köpfe der Niobe und ihrer Töchter abzuschreiben. Die Schönheit tat ihre Wirkung und entzückte alle Herzen. Man sah darin die Verheißung der Seelenstimmungen, die man den Griechen zuschrieb. Im ersten Augenblick der Begeisterung bemerkte man nicht, dass alle Köpfe des Guido sich ähnlich sahen, und dass sie nichts weniger als die Verfassung der Seelen um 1570 darstellten. Seit jenem liebenswürdigen Maler haben wir nun nichts als die Kopien von Kopien, und nichts ist erkältender und langweiliger als diese großen sich griechisch nennenden Köpfe, die die Skulptur überschwemmt haben.

*

Wie verschieden würden die Genüsse sein, die wir der Literatur und den Künsten verdanken, wenn man den Apollo, den Laokoon und die Manuskripte des Virgil und des Cicero erst im neunzehnten Jahrhundert entdeckt hätte, als das ursprüngliche Feuer, das der Zivilisation durch die Völkerwanderung gegeben wurde, bereits zu fehlen begann ...

Die vier Figuren von Michel Colomb sind schön, und dennoch besitzen sie, wie die Madonnen von Raphael, eine auffallende Individualität.

Einer meiner gestrigen Freunde, der die Güte hatte, mir als Führer zu dienen, gibt mir mit dem ganzen Feuer eines echten Bretonen sein Ehrenwort, dass die Gestalt der Justitia die Züge der in der Bretagne vergötterten Königin Anna zeige. Die anderen Statuen seien gleicherweise Porträts, und ich finde nichts glaubwürdiger.

Der Ausdruck dieser Köpfe hat den Anflug einer gar reizvollen und insbesondere ganz französischen Neigung zu geistreich feinem Spott. Das Mittel, wodurch Michel Colomb diese Wirkung erreicht hat, ist einfach: Die Augen sind am äußeren Winkel etwas hinaufgezogen, und das Unterlid ist leicht konvex, wie bei den Chinesen.

*

Sooft ich mich in Nantes aufhalte und meine Geschäfte es mir irgend erlauben, verweile ich alle Abend eine halbe Stunde vor diesem wunderschönen Denkmal. Von seiner besondern Schönheit ganz abgesehen, bin ich überzeugt, dass dieses Werk für die Skulptur ungefähr das bedeutet, was Clément Marot und Montaigne für den geschriebenen Gedanken sind. Ich muss hier gleich einem Einwand der Kritik vorbeugen. Sie würde nicht verfehlen, geltend zu machen, dass Montaigne immerfort die alten Autoren zitiere. Ich rede aber von dem, was in Montaignes Stil wirklich französisch und individuell ist.

Als ich gestern Abend vor den Statuen des Michel Colomb träumte, vergnügte ich mich damit, mir vorzustellen, was wir geworden wären, wenn wir niemals Maler wie Charles Lebrun und literarische Führer wie Laharpe gehabt hätten.

All diese Mittelmäßigkeiten, die die Götzen des großen Haufens sind, fehlten uns, wenn Virgil, Tacitus, Cicero und der Apollo von Belvedere erst im Jahr 1700 bekannt worden wären. Wir hätten dann keinen nackten, mit seiner Perücke geschmückten und die Keule des Herkules schwingenden Ludwig XIV. auf der *Porte St. Martin*; wir hätten nicht einmal den Ludwig XIV. von der *Place des Victoires*, der mit nackten Beinen und in der Perücke aufs Pferd steigt. Wir wären auch verschont geblieben von all den zugespitzten Tragödien des Voltaire und seiner Nachahmer, die, was fast unglaublich scheint, Nachahmungen sein sollen des aus lauter Einfachheit oft ein wenig trocknen griechischen Theaters. Unser Theater würde dann dem Lope de Vegas und Alarcons ähneln, die die Kühnheit hatten, spanisches Empfinden darzustellen. Man nennt ihre Stücke, gute oder schlechte, romantisch, weil sie geradezu ihren Zeitgenossen zu gefallen suchten, ohne im Geringsten daran zu denken, etwas nachzuahmen, was früherhin von einem Volke für gut gefunden wurde, das von dem sie umgebenden so verschieden war als nur möglich.

*

Die Züge der Venus von Milo drücken ein gewisses edles und ernstes Vertrauen aus, das eine erhabene Seele kündet, aber sich auch recht wohl mit dem Mangel an Freiheit des Geistes verbinden kann. Das war bei meiner Reisegefährtin nicht der Fall: Man sah, dass dieses Wesen der Ironie fähig war, und das ist's, glaube ich, was mich an eine der Statuen des Michel Colomb erinnerte. Diese Fähigkeit, das Lächerliche zu sehen, die allen Romanheldinnen abgeht, war sie es nicht, die dem Ausdruck einer großen Seele, so wie gewöhnliche Unterhaltung sie spiegeln kann, einen unendlichen Wert zufügte? Dieses Antlitz ließ den Gedanken der Unbedeutendheit oder der Verständnislosigkeit nicht aufkommen, was man von der griechischen Schönheit nicht immer sagen kann.

Darin besteht, meiner Meinung nach, der große Nachteil für diese Schönheit im Wechsel der Zeiten, worauf sie antworten könnte, dass sie eben den Griechen des Perikles hätte gefallen wollen, und nicht den Franzosen, die Crébillons Romane gelesen haben. Ich aber, der ich auf der Loire schwamm, las diese Romane und mit lebhaftem Vergnügen.

Die Künste hätten in Frankreich zu gleicher Zeit wie der Cid müssen geboren werden. Die Religionskriege hatten die Geister entflammt, die durch die lange und unwürdige Feudalherrschaft kümmerlich geworden waren, und die Intrigen der Fronde waren den Köpfen ebenfalls zugut gekommen. Die Franzosen hätten damals schöne Sachen machen können. Aber trotz der Dummheit, die in den Worten »Siècle de Louis XIV« ausgedrückt ist, eins ist richtig: Dieser Fürst erstickte sehr rasch das heilige Feuer, das ihm Angst machte. Jene tolle Leidenschaft, die das Vaterland vergöttert und alles was groß ist, begeisterte noch den großen Corneille; aber für den eleganten Racine war das nur noch ein bengalisches Feuer, gut für dichterische Wirkungen. Der letzte Narr jener von da an lächerlichen Hochherzigkeit, war der Marschall von Vauban.

La Bruyère, von Bossuet beschützt, hat uns aufs Deutlichste das völlige Verschwinden jener edelmütigen Begeisterung gezeigt, jener flammenden Leidenschaften, deren gewisse Arten der Literatur wohl entbehren können, die aber für die bildenden Künste unerlässlich sind. Die Pest von Jaffa ist nur darum das beste Bild unserer Zeit, weil der Maler von Handlungen, wie die in seinem Bild dargestellten, begeistert war. 1796 war er in Mailand, im Hauptquartier der italienischen Armee, und galt für den allerverrücktesten der Franzosen. Seine Liebe für Frau P..., sein Tod haben es bewiesen, dass er kein Akademiker war.

Das Frankreich von 1837 hat für sich nur noch eine, in Wirklichkeit allerdings ungeheure Überlegenheit. Es ist die Königin des freien Gedankens in dem armen bevormundeten Europa.

*

Es geschah den Schülern des Giotto, was den Schülern des Racine, was den Schülern aller großen Künstler geschehen wird. Sie wagen in der Natur nicht die Dinge zu sehen, die der Meister nicht daraus genommen hat. Sie setzen sich ganz einfach vor die »Effekte«, die er gewählt hat und kopieren sie, d. h. sie versuchen sich gerade an dem, was, bis zu einer Änderung des Nationalcharakters, der große Mann eben unmöglich gemacht hat.

*

Bis wann werden wir in den Künsten unsern Charakter völlig unter der Nachahmung begraben haben? Wir, das größte Volk, das je gelebt hat (ja, selbst nach 1815), wir kopieren die kleinen Bevölkerungen Griechenlands, die zusammen kaum zwei oder drei Millionen Einwohner ausmachen.

Wann werde ich ein Volk sehen, das so weit erzogen ist, alle Dinge einfach auf ihre Nützlichkeit oder Schädlichkeit hin zu beurteilen, ohne Rücksicht auf Juden, Griechen und Römer?

Übrigens beginnt diese Revolution, ohne dass wir es wissen. Wir glauben uns getreue Anhänger der Alten; aber wir haben zu viel Verstand, um etwa in der menschlichen Schönheit ihr Ideal mit all seinen Konsequenzen anzunehmen. Hierin wie anderswo haben wir zweierlei Glauben und zweierlei Religionen. Die Anzahl der Begriffe ist seit zweitausend Jahren so wunderbar angewachsen, dass die menschlichen Köpfe die Fähigkeit verloren haben, konsequent zu sein. Es entspricht nicht unsern Sitten, dass eine Dame sich in eingehender Weise über männliche Schönheit äußere; sonst würden viele geistreiche Frauen in Verlegenheit kommen. Eine Dame bewundert wohl die Statue des Meleager im Museum, aber wenn dieser Meleager, den die Kenner mit Recht als ein vollendetes Ideal männlicher Schönheit betrachten, mit seiner wirklichen Gestalt und genau mit dem Verstand, den diese Gestalt ankündigt, in ihren Salon träte, würde er schwerfällig und sogar lächerlich erscheinen.

Das kommt daher, dass die Empfindungen der Leute von guter Erziehung heute nicht mehr dieselben sind, wie bei den Griechen.

*

Die Eigenschaft, die uns am antiken Schönheitsideal am wenigsten sympathisch ist, ist die Kraft. Stammt das aus dem undeutlichen Bewusstsein, dass die Kraft immer mit einer gewissen Schwerfälligkeit des Geistes gepaart ist?

*

Die übergroße körperliche Kraft hat einen großen Nachteil: Der sehr starke Mann ist gewöhnlich dumm. Er ist ein Athlet; seine Nerven haben fast keine Empfindlichkeit. Jagen, Trinken und Schlafen ist sein Leben.

*

Man möge sich das Bild der stärksten Männer, die man gekannt hat, zurückrufen. War ihre körperliche Kraft nicht begleitet von einer verzweifelt schwerfälligen geistigen Eindrucksfähigkeit? Konnte man von diesen riesigen Körpern große Taten erwarten?

Sogar bei den Alten, die doch die Kraft, und mit Recht, so sehr bewunderten, war Herkules, der Prototyp der Athleten, mehr seines Mutes als seines Verstandes wegen berühmt. Die Lustspieldichter, die immer frech sind, haben sich sogar erlaubt, diesen Gott als großen Tölpel lächerlich zu machen.

Es gibt vielleicht auf Erden nichts Traurigeres und Dümmeres als einen Athleten, wenn er krank ist.

*

Das große Publikum fühlt so sicher, obwohl undeutlich, das Vorhandensein eines modernen Schönheitsideals, dass es dafür ein Wort gefunden hat: Eleganz.

Worin besteht die Eleganz? Vor allem in der Abwesenheit aller Art Kraft, die sich nicht in Beweglichkeit verwandeln kann.

*

Der Unterschied zwischen dem modern Schönen und dem antik Schönen entspricht genau dem Unterschied, der besteht zwischen dem Salon und dem Forum.

*

Wer kennt nicht die fade Statue der *Jeanne d'Arc,* die an der Stelle errichtet ist, wo die englische Grausamkeit die Jungfrau verbrennen ließ? Und wer begreift nicht die Unbrauchbarkeit der griechischen Kunst, um diesen so eminent christlichen Charakter zu schildern?

Die geistvollsten der Griechen hätten vergebens versucht, diesen Charakter zu verstehen, dies seltsamste Produkt des Mittelalters, seiner Torheiten wie seiner heroischen Leidenschaften. Allein Schiller und eine junge Prinzessin haben dies fast übernatürliche Wesen verstanden.

*

Unsre Oberflächlichkeit kennt die Alten absolut nicht. Unglaubliche Indezenz eines Grabmals im Hof der Studii in Neapel. Ein Priapusopfer und mit dem Gotte spielende Jungfrauen! Wie weit ist es von da bis zur Idee der christlichen Totenmesse.

*

Nichts Komischeres gibt es, als unsere Urteile über die Alten und ihre Kunst. Da wir nichts weiter lesen, als von der Zensur zernagte platte Übersetzungen, wissen wir nicht, dass man dem Nackten bei ihnen einen eignen Kultus weihte, während es bei uns abstößt. Die Masse in Frankreich wendet die Bezeichnung des Schönen nur auf Weibliches an. Bei den Griechen aber gab es keine Galanterie; dagegen eine Liebe, die uns Modernen verabscheuungswürdig ist. Welchen Begriff würde ein Einwohner von Otahiti sich von unserer Kunst bilden können, für den alles, was bei uns aus der Galanterie stammt, wegfiele?

Um die Antike zu kennen, muss man eine größere Menge mittelmäßiger Statuen sehen und studieren. Und dieses Studium ist überall anderswo als in Rom und Neapel ein illusorisches. Und gleichzeitig muss man Plato und Plutarch aus dem Grunde lesen.

Lustig ist, dass wir behaupten, in der Kunst den griechischen Geschmack zu haben, wo uns doch die hauptsächlichste Leidenschaft fehlt, die die Griechen für die Kunst empfänglich machte.

*

Meine Reisegefährten sind schon ein wenig des Bewunderns müde. Täglich erwarten sie mit Ungeduld ihre Briefe aus Paris.

Ich habe das seltene Glück, immer mit Leuten umzugehen, die liebenswürdigen Geistes und von gefälligsten Umgangsformen sind; aber was mir eine schöne Freske erscheint, da sehen sie nur ein Stück verräucherter Mauer.

Man braucht einiger Vorbereitungsstudien für eine Romreise. Was diese ärgerliche Wahrheit noch unangenehmer macht, ist der Umstand, dass alle Welt fest glaubt, die Kunst zu lieben und Kenner zu sein. Man kommt nach Rom aus Kunstliebe, und ebenda lässt euch diese Liebe im Stich, und wie das gewöhnlich so geht, der Hass tritt an ihre Stelle.

Das Ideal jener verwünschten vorbereitenden Studien, auf die man nach einigen Tagen schlechter Laune wohl oder übel verfallen muss, wäre, dass das Auge sehen lernte, ohne dass das Gehirn sich vollstopfte mit den Vorurteilen des Lehrers, der zu sehen lehrt ...

*

Es ist das eine traurige Wahrheit: Man hat in Rom nicht eher einen Genuss, als bis die Erziehung des Auges vollendet ist. Voltaire hätte die Raphaelischen Stanzen mit Achselzucken und einem witzigen Epigramme verlassen.

Denn der »esprit« ist kein Vorteil, um die Art Glück zu genießen, die diese Gemälde geben können. Ich habe scheue, träumerische Menschen kennenlernen, Menschen, die alles Selbstbewusstseins und aller Schlagfertigkeit ermangelten und die rascher als andre die Fresken Luinis in Sarano bei Mailand und die Raphaels im Vatikan zu genießen imstande waren.

*

Es ist vielleicht ein Unglück, vom Himmel eine Seele bekommen zu haben, die die göttlichen Schönheiten des Raphael oder des Correggio zu empfinden wenig fähig ist. Aber eine offenbare und grobe Lächerlichkeit ist es, ein Gefühl zu heucheln, das man nicht empfindet ... Verzweifelt aber an eurem Herzen nicht: Manch eine Frau lässt einen kalt an dem Tage, wo man ihr vorgestellt wird, und sechs Monate darauf ist man wahnsinnig in sie verliebt.

*

Verständnis für die Kunst ist ein Privilegium, und zwar ein teuer erkauftes, durch wie viel Leiden, durch wie viel Dummheiten, durch wie viel Tage tiefster Niedergeschlagenheit!

*

Als ich aus dem Museum der antiken Malereien in Portici heraustrat, begegnete ich drei englischen Marineoffizieren, die eintraten. Zweiundzwanzig Säle sind es. Im Galopp fuhr ich nach Neapel. Aber ehe ich an die Magdalenenbrücke kam, bin ich von den drei Engländern eingeholt worden. Sie sagten mir am Abend, diese Gemälde seien großartig und gehörten zu den merkwürdigsten Dingen des Weltalls. Sie hatten sich drei bis vier Minuten in dem Museum aufgehalten ...

*

Ach, alle Wissenschaft ähnelt in einem Punkte dem Greisentum, dessen schlimmes Symptom die Kenntnis des Lebens ist, als welche uns hindert, in Leidenschaft zu geraten und um nichts Torheiten zu begehen. Ich wünschte, nachdem ich Italien gesehen habe, dass ich in Neapel das Wasser des Lethe fände, alles vergessen, und dann meine Reise von vorne anfangen, und so meine Tage hinbringen könnte. Aber dies wohltätige Wasser existiert nicht. Jede neue Reise, die man in diesem Lande macht, hat ihre besondere Physiognomie, und unglücklicherweise schleicht sich nach und nach immer mehr Wissenschaft ein. Statt die Ruinen des Jupitertempels wie vor sechsundzwanzig Jahren zu bewundern, zappelt meine Fantasie in alle den Dummheiten, die ich darüber gelesen habe.

*

Vor einigen Jahren war einer der geachtetsten Pariser Gelehrten hier; man sprach in der Gesellschaft viel von einer prachtvollen und riesenhaft großen etruskischen Vase, die der Fürst Pignatelli soeben gekauft hatte. Unser Gelehrter kommt mit einem Neapolitaner, um sich die Vase anzusehen. Der Fürst war abwesend. Ein alter Diener führt die Neugierigen in einen Saal zur ebenen Erde, wo auf einem Holzpostament die Vase zu sehen war. Der französische Archäologe prüft sie sorgfältig, bewundert besonders die Feinheit der Zeichnung, das Fließende der Formen. Er zieht sein Notizbuch heraus und versucht zwei oder drei Gruppen zu kopieren. Nach drei viertel Stunden tiefster Bewunderung geht er fort, indem er dem Diener ein reiches Trinkgeld gibt. »Wenn Euer Exzellenz morgen Vormittag wiederkommen wollen«, sagt der Diener dankend, »so wird der Fürst da sein und Sie werden das Original sehen können.«

*

Man möchte sagen, das Studium der Altertümer zerstöre im Kopf eines Menschen notwendig die Fähigkeit Schlüsse zu ziehen. So werden diese Gelehrten alle geistige Schwächlinge und zuletzt Pedanten und Akademiker, d. h. Leute, die über nichts mehr die Wahrheit zu sagen wagen, aus Furcht, einen Kollegen (oder Minister) zu verletzen.

*

Die Begegnung von Geist und Müßigkeit ist immer für beide vorteilhaft. Wenn die Schriftsteller den Weltleuten Ideen geben, so macht die Kunst zu leben, die sie dafür eintauschen, sie selber verständiger, liebenswürdiger, glücklicher. Die Leute der Feder lernen den wahren Wert der Wissenschaft und der Weisheit erkennen, indem sie sehen, wie viel diese Dinge zur Führung und zur Verschönerung des Lebens beitragen können. Sie lernen, dass es Quellen des Glückes und des Stolzes gibt, die viel wichtiger und besonders viel reicher sind, als das Handwerk des Lesens, Denkens und Schreibens.

*

Die Franzosen bewundern im Achilles des Racine Dinge, die er gar nicht sagt. Das kommt daher, dass der Begriff, den man sich vom Sohne des Peleus macht, viel mehr von La Harpe oder von Geoffroy gegeben worden ist, als durch die Verse des großen Dichters. Hier sind es wieder einmal die Abhandlungen über den Geschmack, die den Geschmack verderben und bis in die Seele des Zuschauers hinein die Empfindungen fälschen.

*

Man fühlt hier sehr rasch die Notwendigkeit, sich eine Idee vom antiken Schönen zu machen und das Vergnügen an guten Statuen wird dann leicht verdoppelt. Nur muss man allen sinnlosen Phrasen nach Plato und Kant und ihrer Schule aus dem Wege gehen. Die Scheinphilosophie und ihre Dunkelheit mag sehr am Platze sein, wenn man zu guten jungen wissbegierigen Leuten spricht; vor den Werken der Kunst vernichtet sie die Fähigkeit zu genießen.

*

Nicht infolge eines jähen Gefühlsrausches fühlt man die Kunst im Norden der Alpen. Ich glaube, man kann fast sagen, dass der Norden nur durch das Denken hindurch zur Empfindung gelangt. Solchen Leuten darf man nicht anders von Skulptur reden als in Formeln der Philosophie. Damit das große Publikum Frankreichs zum Kunstgefühl kommen könnte, müsste man das poetische Pathos aus »Corinne« anschlagen, das edle Seelen empört und alle Zwischentöne ausschließt.

*

Unsre heutigen Menschen können sich nicht dazu erheben zu begreifen, dass die Alten nie etwas zum Schmücken gemacht haben, dass bei ihnen das Schöne nur ein Ausfluss des Nützlichen ist. Wie sollten unsre Künstler in ihrer Seele lesen können? Es sind gewiss Leute von Ehre und Geist. Aber Mozart hatte noch Seele, und sie haben keine. Eine tiefe und leidenschaftliche Träumerei hat sie nie zu Torheiten veranlasst. Dafür haben sie auch Orden, die ihnen Adelsrang geben.

*

Unsre Leidenschaft für das Land und den Wald von Riccia dauert an. Trotzdem sind wir diesen Morgen nach Rom gegangen, und der Zufall hat uns in die Stanzen des Vatikan geführt. Heute verstanden wir Raphael, wir sahen seine Werke an mit einem Grade der Leidenschaft, der alle Einzelheiten entdecken und nachfühlen ließ, so verräuchert die Malerei auch sein mag. Man kann das Kleidermaß eines Mannes nehmen, der gleichgültig und kalt ist wie »Childe Harold«, und der, von der Höhe seines Stolzes herab, seine Gefühle beurteilt und sogar seinen Verstand, dessen er viel besitzt. Aber in keines Menschen Macht steht es, ihn dahin zu bringen, dass er Glück empfinde durch die schönen Künste. Da muss der Stolz sich herablassen, sich Mühe zu geben, aufmerksam zu sein: Man kann das Vergnügen nicht wie eine Pille verschlucken.

Das war's, was ich in gemeinen Worten bei mir dachte, ohne dass ich es meinen Freunden gesagt hätte.

*

Um ein ausgezeichneter Mensch zu werden, bedarf es jener Seelenglut mit zwanzig Jahren, jener, wenn man will, dummen Einfältigkeit, die man kaum woanders als in der Provinz trifft.

*

Der Mann von Genie, der natürlich öfter sich als andern gleicht, ist zu Paris notwendig lächerlich.

*

Wenn ihr einen Augenblick darüber nachzudenken geruhen wollt, so werdet ihr sehen, dass die Urteile der Künstler übereinander nur Ähnlichkeitszertifikate sind. Wenn Raphael gefunden hätte, dass der oberste Vorzug eines Malers das Kolorit sei, hätte er seinen Stil verlassen, um den des Sebastiano del Piombo oder den des Tizian anzunehmen.

Man braucht keine Gründe, um ein Kunstwerk schön zu finden. Es macht einfach dem Auge Vergnügen. Ohne diese instinktive oder wenigstens unbewusste Freude des ersten Augenblicks gibt es weder Malerei noch Musik. Dennoch habe ich in Königsberg Leute kennenlernen, die auf dem Weg des Verstandes und durch metaphysische Vernunftgründe hindurch zum Genuss der Kunst gelangen wollten. Die Nordländer urteilen auch in der Kunst nach vorgefassten Schulmeinungen, die Südländer aber danach, ob etwas ihren Sinnen augenblicklich eine Lust und eine Freude ist.

*

Ich werde meiner Ehre schaden und mich in den Ruf eines bösen Menschen bringen. Was tut's? Der Mut kann sich in allen Ständen finden. Und es gehört mehr Mut dazu, den Zeitungen zu trotzen, die über die öffentliche Meinung verfügen, als sich den Verurteilungen der Gerichtshöfe auszusetzen.

Montaigne, der geistreiche, der wissbegierige Montaigne, reiste gegen 1580, um sich zu heilen und zu zerstreuen, nach Italien. Manchmal abends schrieb er auf, was er Bemerkenswertes gesehen hatte. Er bediente sich dabei unterschiedslos des Französischen oder des Italienischen, als ein Mann, bei dem die Trägheit kaum von dem Wunsche zu schreiben dominiert wird, und der, um sich dazu überhaupt zu entschließen, des kleinen Reizes bedarf, den die Überwindung von Schwierigkeiten im Gebrauch einer fremden Sprache darbietet.

Als Montaigne im Jahre 1580 durch Florenz kam, waren es erst siebzehn Jahre seit dem Tode Michelangelos. Der enthusiastische Ruhmeslärm, der sich um Raphael erhoben hatte, war noch nicht verstummt. Die wunderbaren Fresken del Sartos, Raphaels und Correggios blühten in ihrer ganzen Frische. Nun denn, Montaigne, dieser Mann des Geistes, der so wissbegierig, so müßig war, er sagt kein Wort darüber. Die Leidenschaft eines ganzen Volkes für Kunstwerke hat ihn zweifellos veranlasst, sie zu betrachten; denn sein Genie besteht darin, die Besonderheit eines Volkes aufmerksam zu erforschen und zu ergründen. Aber die Fresken Correggios, Michelangelos, Leonardo da Vincis und Raphaels hatten ihm offenbar nichts zu sagen.

Nehmt zu diesem Beispiel das Voltaires, wenn er über die Kunst spricht. Oder besser noch, wenn ihr das Talent habt, nach der lebenden Natur zu urteilen, seht euch die Augen eurer Nächsten an, horcht in die Gesellschaft hinein, und ihr werdet das seltsame sehen: Der französische Geist, *l'esprit par excellence,* das göttliche Feuer, das in La Bruyères »Caractères«, das in »Candide«, das in den Pamphleten von Courier, den Liedern von Collé blitzt und flimmert, es ist ein sicheres Präservativ gegen künstlerische Begeisterung.

Diese unangenehme Wahrheit, die immer mehr in unsern Verstand einzudringen beginnt, verdanken wir einer Reihe von Beobachtungen an den französischen Reisenden, die wir in Rom in den Galerien Doria und Borghese getroffen haben. Je mehr wir am Tage vorher, in der Gesellschaft, bei einem Manne Feinheit, Leichtigkeit des Geistes und prickelnden Witz gefunden hatten, je weniger zeigte er Verständnis für Bilder.

Die wenigen Reisenden, die mit dem glänzendsten Geiste den Mut vereinigen, der die vornehmen Männer macht, bekennen frei, dass ihnen nichts so langweilig vorkommt, wie Bilder und Statuen. Einer von ihnen sagte, als er ein herrliches, von Tamburini und Signora Boccabadati gesungenes Duett hörte: »Ebenso gern würde ich mit einem Schlüssel auf eine Zange schlagen hören.«

Diese Ausführungen werden dem Autor seinen Ruf eines guten Franzosen rauben. Aber man soll niemandem schmeicheln, nicht einmal der Nationalität. Die Heuchler werden sagen, ein Mensch, der ein so missratenes Kind seines Volkes ist, um Männern wie Montaigne, Voltaire, Courier, Collé, La Bruyère das künstlerische Gefühl abzusprechen, muss ein bösartiger Charakter sein.

Diese Bosheit, die alle gutmütigen und zarten Seelen, für welche man einzig schreibt, mit einer peinlichen Empfindung zurückstößt, erhält aus folgender sehr einfacher Erklärung eine neue Beglaubigung. Der französische Geist kann nicht leben, ohne auf die Eindrücke aufzupassen, die er auf andere hervorbringt. Das künstlerische Gefühl aber kann sich nicht bilden, ohne die Angewöhnung einer etwas melancholischen Traumverfassung. Die Ankunft eines Fremden, der diese Stimmung stört, ist für einen melancholischen und träumerischen Charakter immer ein unangenehmes Ereignis. Ohne dass solche Menschen egoistisch oder auch nur egotistisch genannt werden dürfen, sind für sie nur die tiefen Eindrücke, die ihre Seelen um und um werfen, wichtige Ereignisse.

Sie versenken sich ganz in diese Eindrücke und gewinnen daraus eine glückliche oder unglückliche Stimmung. Ein in solche Prüfung versenkter Mensch bemüht sich nicht, seinen Gedanken in eine pikante Redensart einzukleiden, er denkt an die andern gar nicht.

Und das künstlerische Gefühl kann sich nur in solchen Seelen erzeugen.

Selbst im lebhaftesten Rausch seiner Leidenschaften dachte Voltaire an die Wirkung, die er durch die Art, seinen Gedanken auszudrücken, erzielen würde.

*

Da die meisten der berühmten Geistesmenschen melancholischen Temperaments sind, glaubt der verständige Mann, der zufällig der »Freund« des Genies ist, gute Gründe zu haben, sich über ihn lustig zu machen. In diesen Beziehungen ist der geniale Mensch der Unterliegende.

*

Wenn ein junger Mann, der nie dumme Streiche begangen und bloß viel gelesen hat, mir von Kunst zu sprechen wagt, lache ich ihm ins Gesicht. »Lerne erst sehen«, sage ich ihm, »und dann werden wir zusammen reden.« Wenn dagegen ein durch viel Leid bekannter Mann mich auf die Künste anredet, so bringe ich das Gespräch auf die kleinen Eigenheiten der hervorragenden Menschen, denen er begegnet ist, als er achtzehn oder zwanzig Jahr alt war.

Ich scherze über die Lächerlichkeiten ihrer Person oder ihres Verstandes, damit mein Mann mir bekenne, ob er damals, in seiner ersten Jugend, diese Lächerlichkeiten beobachtet und als eine Art Trost für seine Inferiorität empfunden hat; oder aber ob er diese Menschen als Vollkommenheiten anbetete und sie nachzuahmen suchte. Jeder, der mit achtzehn Jahren einen großen Mann nicht so geliebt hat, um sogar seine Schwächen zu verehren, ist nicht dazu angetan, mit mir über Kunst zu reden.

*

Sich mit dem Studium der Kunst zu befassen, rate ich nur den paar wenigen Menschen, die sich infolge einer zärtlichen Leidenschaft viele lächerliche Handlungen vorzuwerfen haben.

Aber man wird gut tun, nur mit wenigen Leuten über diesen Gegenstand überhaupt zu reden.

Der weltliche Stand tut nichts zur Sache.

*

Nichts macht den Menschen so wenig für die Kunst geeignet als die Talente und Gewohnheiten, durch die man Reichtum erwirbt. Nicht weniger stehen im Weg jene Talente, durch die man in hohe Stellungen gelangt. Hinderlich ist ferner die große geistige Schlagfertigkeit und der »Esprit« überhaupt. Nur eine melancholische Verfassung disponiert zur Kunst.

Ein feindlicher Geist scheint mir auch der Geist der Ordnung. Er verträgt sich nicht mit jenem träumerischen Wesen, das seinen eigenen Zustand so süß findet, und weil es nicht herausgerissen sein mag, immer alles auf die nächste Minute aufschiebt.

*

Die Genüsse der Eitelkeit fließen aus der lebhaften und schnellen Vergleichung unserer selbst mit andern. Man braucht dazu immer die andern. Das genügt, um die schöpferische Einbildungskraft lahm zu legen, deren Flügel sich nur in der Einsamkeit entfalten, weit weg von jedem Gedanken an die andern.

*

Die Starken und Kalten werden nur durch ihre Gewissensbisse bestraft, wenn sie etwa solche haben sollten; die zarten und hochherzigen Seelen aber haben in weltlichen Geschäften immer Unglück. Sie sollten sich darum ausschließlich mit der Kunst beschäftigen.

*

Ein schönes Klima ist der Schatz des seelisch begabten Armen. Welch ein Glück für arme Künstler wie Horaz, Virgil und Properz, wenn die Hauptstadt der Welt eine günstige Lage hat. Stellt euch vor, Paris läge bei Montpellier oder an der Stelle von Voulte bei Lyon. Der ganze zartere Teil der Künste ist unmöglich, oder wenigstens *stentata* unter einem Klima, wo die Nerven tags dreimal auf eine verschiedene Art und Weise aufgezogen werden. Ich vergleiche die Nerven den Saiten einer Harfe. Was wird Plato und seine Schule dazu sagen?

*

(Der Künstler.) Er ist weit entfernt, den groben Vergnügungen nachzugehen, er flieht sie vielmehr; sie würden seine geistigen Fähigkeiten zerstören und seine Kraft, das Erhabene zu empfinden und darzustellen, abschwächen. Er opfert dem Durste nach unsterblichem Ruhme alles, Leben und Gesundheit. Das wirkliche Dasein ist ihm nur das gemeine Gerüst, durch welches er seinen Ruhm erheben will, er lebt nur in der Zukunft.

Man sieht ihn die Menschen fliehen, sich in Einsamkeit vergraben, sich kaum die nötigste Nahrung gestatten. Zum Lohn für so viel Sorgen, wenn er der Sohn eines heißen Himmels ist, wird er Ekstasen haben, wird er Meisterwerke schaffen, wird er halb wahnsinnig in der Mitte seiner Laufbahn sterben. Und von solch einem Mann verlangt unsre ungerechte Gesellschaft, dass er weise, maßvoll und klug sei? Wenn er klug wäre, würde er dann sein Leben dahingeben, um euch zu gefallen, euch braven und mittelmäßigen Tröpfen?

*

Der Philosoph aber fragt: Wornach soll man das Leben schätzen? Nach einer langen Folge langweiliger Tage, oder nach der Lebhaftigkeit und Tiefe des Glücks?

Es ist lange, dass man das Wesen des Genies erkannt hat, und seit dieser Zeit möchten gern alle Handwerker in der Kunst uns glauben machen, dass sie dieses Wesen haben. Die Geschichte wird die Antwort geben:

> Mais plus ils étaient occupés
> Du soin flatteur de le paraître,
> Et plus à nos yeux détrompés
> Ils étaient éloignés de l'être.

Erinnert ihr euch, dass zu Anfang der Revolution, gewisse junge Maler durch ihre Kleidung aufzufallen suchten? Das war ein Gipfel der Kleinlichkeit ...[1]

*

Ein Maulwurf guckte zu seinem Loch heraus und sah die Nachtigall, die singend sich auf einer blühenden Akazie schaukelte. »Du musst sehr töricht sein«, sprach der Maulwurf, »um dein Leben in einer so unbequemen Stellung zu verbringen, auf einem Zweig, den der Wind bewegt und wo das grässliche Licht, das mir Kopfschmerz macht, deine Augen blendet.«

*

Der gemeine Mensch findet in seiner Seele nichts, was dem Genie entspräche; sein tägliches Verdienst ist die Geduld.

*

Das ist die erste Stufe des Geschmackes, die Wirkungen der Natur zu übertreiben, um sie fühlbarer zu machen. Dieses Kunstgriffs bediente sich oft der hinreißendste der französischen Prosaschriftsteller (Rousseau). Auf einer höheren Stufe erkennt man, dass durch Übertreibung die Wirkungen der Natur ihre unendliche Mannigfaltigkeit und ihre Kontraste verlieren, die so schön sind, weil sie ewig sind, und schöner noch, weil die einfachsten Gemütsbewegungen sie in Erinnerung bringen.

Wenn man nur im Geringsten übertreibt, wenn man aus der Sprache etwas anderes als einen klaren Spiegel macht, vermag man wohl einen Augenblick stark zu wirken, aber ärgerliche Rückwirkungen werden nicht ausbleiben.

Ich rede nicht von dem gewöhnlichen Menschen, der geboren ist, um das Pathos in »Corinne« zu bewundern. Die feiner fühlenden Menschen des neunzehnten Jahrhunderts haben das große Unglück: Wenn sie Übertreibung wittern, fühlt ihre Seele sich nur noch zur Ironie aufgelegt.

---

1   In unsern Tagen haben wir das von Dichtern erlebt. Anm. des Übers.

*

Keine Gnade für die Mittelmäßigkeit; sie vermindert unsere Empfindungsfähigkeit für die Kunst.

*

Wenn ich nicht fürchtete, bei moralischen Leuten anzustoßen, gestände ich, was ich zu aller Zeit gedacht habe, ohne es auszusprechen: dass eine Frau immer dem gehört, wirklich gehört, der sie am meisten liebt. Und diese Ketzerei möchte ich gern auch auf Kunstwerke ausdehnen.

*

Die allzu heftige Liebe zum Schönen macht uns fast zu Misanthropen. Wir werden geneigt, die kühlen Menschen für schlechte Menschen zu halten. Glücklich das holländische Temperament, das imstande ist, das Schöne zu lieben, ohne das Hässliche zu hassen.

*

Das künstlerische Gefühl ist unmoralisch, es macht den Verführungen zur Liebe geneigt, es versenkt in Müßiggang und disponiert zur Übertreibung.

*

Schönheit ist Glücksverheißung.

*

Wir sind nicht mehr glücklich genug, um nach der Schönheit zu trachten; wir begnügen uns mit dem Nützlichen.

Über Architektur

Ich habe mich einigen reichen Mailändern vorstellen lassen, die so glücklich sind, bauen zu können. Ich habe sie auf ihren Leitern stehend getroffen, leidenschaftlich bewegt, wie ein General, der eine Schlacht liefert. Ich bin selbst auf die Leitern gestiegen, und ich habe Maurer gefunden voller Intelligenz. Jeder von ihnen urteilt über die Fassade, für die sich der Architekt entschieden hat.

Was die innere Einteilung anbetrifft, so schienen mir diese Häuser gegen die Pariser zurückzustehen.

In Italien ahmt man in der Einteilung noch die mittelalterlichen Paläste nach, die in Florenz z. B. um 1350 gebaut und seitdem von Palladio und seinen Schülern (um 1560) in der Schönheit gesteigert und verfeinert wurden.

Die Architektur hatte damals soziale Bedürfnisse zu befriedigen, die jetzt nicht mehr vorhanden sind. Nur die Schlafzimmer der Italiener erscheinen mir der Erhaltung wert zu sein; sie sind hoch, sehr gesund, mit einem Wort: das Gegenteil von den unsrigen.

*

Das Kasino von San Paolo flößt Respekt ein. Unsre Ministerpaläste sehen aus wie vergoldete Boudoirs oder elegante Kaufläden. Und nichts passt ja auch besser zu einem Minister, der ein Stimmen kaufender und Sitze verkaufender Robert Walpole ist.

Diese Physiognomie einer Architektur, die das Gefühl einflößt, dass sie mit ihrer Bestimmung in Einklang steht, sie nennt man den »Stil«. Und da die Mehrzahl der öffentlichen Gebäude dazu bestimmt ist, Achtung und selbst Schrecken einzuflößen, wie z. B. eine katholische Kirche, oder der Palast eines selbstherrlichen Königs, so muss man, wenn man in Italien hört: »Dies Gebäude hat Stil«, darunter verstehen: »Es flößt Respekt ein.« Die Pedanten dagegen, wenn sie von Stil reden, wollen, dass man versteht: »Diese Architektur ist klassisch, sie ahmt die griechische nach oder wenigstens eine gewisse französisierte griechische Nuance, wie Racines Iphigenie die des Euripides nachahmt.«

*

Die Architektur scheint mir in Italien lebendiger zu sein als die Malerei oder die Plastik. Ein Mailänder Bankier geizt fünfzig Jahre lang, um endlich ein Haus bauen zu können, dessen Fassade ihn hunderttausend Frank mehr kostet als eine einfache Mauer.

*

Was der Italiener am allermeisten liebt, das ist die Architektur seines Hauses. Nach der Musik ist es die Architektur, die seine Seele am tiefsten berührt. Ein Italiener hält vor einer schönen Tür, die man an einem neuen Hause baut, eine Viertelstunde an und geht davor hin und her. Ich begreife diese Leidenschaft. In Vicenza z. B. vermag die boshafte Dummheit des Stadtkommandanten und des österreichischen Polizeikommissärs die Meisterwerke Palladios weder zu zerstören, noch zu verhindern, dass man darüber spricht.

*

Jede Nacht, gegen ein Uhr morgens, bin ich ausgegangen, um mir den Dom von Mailand wieder anzusehen. Von klarem Mondschein erleuchtet, bietet diese Kirche einen Anblick von einzigartiger, von entzückender Schönheit.

Nie hat mir die Architektur solche Gefühle erregt ...

Das ist Gotik ohne den Gedanken an den Tod. Das ist wie ein melancholisches Gemüt, das sich auch einmal der Heiterkeit ergibt. Diese aller Vernunft bare Architektur, die einer Laune entsprungen scheint, gibt eine Stimmung, die gut passt zu den tollen Illusionen der Liebe ...

*

Was mir in Mailand am besten gefällt, das sind die Höfe im Innern der Gebäude. Ich finde da immer eine Menge Säulen, und Säulen wirken auf mich in der Architektur, wie die Melodie in der Musik.

*

Hier Mailand gibt es eine Kommission *di ornato*. Vier bis fünf, wegen ihrer Kunstliebe bekannte Bürger und zwei Architekten bilden diese Kommission, die ihre Dienste umsonst tut. Jedes Mal wenn ein Hausbesitzer die Vorderseite seines Hauses verändern will, ist er gehalten, seinen Plan der Stadtverwaltung vorzulegen, die ihn der Kommission *di ornato* zuweist. Diese gibt ihr Gutachten ab. Wenn der Hausbesitzer etwas gar zu hässliches machen lassen will, machen ihn die Mitglieder der Kommission, ansehnliche Leute, in ihren Unterhaltungen lächerlich. Bei jenem Volk, das für das »Schöne« geboren ist, und wo es überdies gefährlich oder hoffnungslos ist, über Politik zu sprechen, beschäftigt man sich monatelang mit dem Grade der Schönheit einer neuen Hausfassade. Die moralischen Sitten von Mailand sind vollständig republikanisch, und das heutige Italien (1837) ist nichts als eine Fortsetzung des Mittelalters. Ein schönes Haus in der Stadt zu haben, gibt mehr Ansehen als Millionen in der Westentasche. Wenn das Haus durch Schönheit sich auszeichnet, so bekommt es auf der Stelle den Namen des Eigentümers ...

Ein schönes Haus bauen zu lassen, gibt in Mailand den wahren Adelstitel.

*

Florenz. Ich fühlte mich glücklich, niemand zu kennen und mit niemand sprechen zu müssen. Diese mittelalterliche florentische Architektur hat sich meiner ganzen Seele bemächtigt. Ich glaubte mit Dante zu leben, und es sind mir heute vielleicht nicht zehn Gedanken gekommen, die ich nicht mit einem Vers dieses großen Mannes hätte übersetzen können. Ich schäme mich meiner Erzählung, man wird mich für einen Egotisten halten ...

Was ist das für eine solide Bauart, diese Palazzi, aus ungeheuren Steinblöcken gefügt, die nach der Straßenseite zu aller Politur entbehren. Ihnen sieht man es an, dass in diesen Straßen oft die Gefahr umging. Die Abwesenheit aller Gefahr auf den Straßen aber ist es, die uns so klein macht.

Ich habe mich eine Stunde allein in dem kleinen düstern Hof des Palazzo in der Via Larga aufgehalten. Ihn baute jener Cosimo da Medici, den die Dummköpfe den Vater des Vaterlands nennen. Je weniger diese Architektur darauf aus ist, den griechischen Tempel nachzubilden, je mehr sie an die Erbauer und deren Bedürfnisse erinnert, je mehr erobert sie mich. Sie gibt mir eine vollkommene Illusion. Den ganzen Tag träume ich von Gastruccio Castracani, von Ugucione della Fagiola und andern. Es ist mir, als ob ich ihnen an jeder Straßenecke begegnen müsste. Um mich nicht aus meinen düstern Träumen herauszureißen zu lassen, vermeide ich's, meine Blicke auf die kleinen verwimmerten Menschlein zu senken, die in diesen herrlichen Straßen herumwandeln, wo noch alle Leidenschaften des Mittelalters als Gespenster zu spuken scheinen. Ach, diese Florentiner Bürger von heute! Sie haben keine Leidenschaften. Gar keine, denn ihr Geiz ist nicht einmal eine. Er ist bei ihnen nur ein verständiges Übereinkommen ihrer ungeheuern Eitelkeit mit ihrer noch ungeheurern Dürftigkeit.

Mit großen weißen Steinblöcken gepflastert, ist Florenz von seltener Reinlichkeit. Man riecht die Reinlichkeit förmlich in seinen Straßen. Wenn man einige holländische Flecken ausnimmt, so ist Florenz vielleicht die sauberste Stadt der Welt. Jedenfalls ist es eine der elegantesten. Seine griechisch-gothische Architektur hat alle Sauberkeit und Peinlichkeit der Ausführung wie ein schönes Miniaturbild.

Zum Glück für die materielle Schönheit von Florenz verloren seine Bewohner, mit der Freiheit, auch alle zum Bauen im großen Stil notwendige Tatkraft. So wird das Auge hier nicht beleidigt durch jene unwürdigen Fassaden eines Piermarini, und nichts stört die schöne Harmonie dieser Straßen, wo die ideale Schönheit des Mittelalters atmet. An hundert Orten in Florenz kann sich der Reisende im Jahre 1500 wähnen.

Aber trotz der seltenen Schönheit so vieler von Größe und Melancholie erfüllter Straßen und Plätze, kann doch nichts dem Palazzo Vecchio verglichen werden.

Die strenge Wirklichkeit des Mittelalters im Palazzo Vecchio, rings umgeben von Werken der großen Kunst, bildet einen erschütternden Kontrast zu der Unbedeutendheit der modernen »Marchesini«. Mit Staunen und Bewunderung steht man vor den Meisterwerken der alten Zeit, gezeugt von der Kraft der Leidenschaften, und dann sieht man, wie später alles unbedeutend wird, kleinlich, verrenkt, sobald der Sturm der Leidenschaften aufhört das Segel zu schwellen, das die menschliche Seele vorwärts treiben muss, jene Seele, die nichtig und armselig wird, wenn sie ohne Leidenschaften ist, das heißt, ohne Laster und Tugenden.

*

Dieser Brunelleschi ahmte die alte Architektur mit Genie nach. Seine Kuppel von Santa Maria del Fiore übertrifft, wenigstens an Festigkeit, die von St. Peter, ihre Kopie. Ein Beweis für die Superiorität dieses großen Mannes ist die Missgunst seiner Zeitgenossen, die ihn für toll hielten, das schmeichelhafteste Lob, das die gemeine Masse aussprechen kann, weil es ein unangreifbares Zertifikat von Ungleichartigkeit bedeutet. Als die Florentiner Ratsherren mit der Schar der Baumeister über die Art und Weise, die Kuppel zu bauen, verhandelte, gingen sie so weit, Brunelleschi durch ihre Scharwächter aus dem Saale hinaustragen zu lassen. Auch besaß er alle Talente, von der Dichtkunst bis zu der Kunst Uhren zu machen; und ein solcher Mann ist mit Recht toll in den Augen aller Herren Gevatter der Welt, selbst in Florenz im fünfzehnten Jahrhundert.

*

Der Architekt, der das Kolosseum gebaut hat, hat es gewagt, einfach zu sein. Er hat sich gehütet, seine Architektur mit hübschem und kleinlichem Schmuckwerk zu überladen, wie solches das Innere des Louvre verunziert. Der öffentliche Geschmack in Rom war eben nicht verdorben durch Feste und Zeremonien eines Hofes, wie der Ludwigs XIV. war. (Man sehe die Memoiren von Dangeau.) Ein König, der auf die Eitelkeit wirken muss, ist genötigt, Auszeichnungen zu erfinden und sie oft wechseln zu lassen.

Die römischen Kaiser hatten die einfache Idee, in ihrer Person alle Ämter zu vereinigen, die die Republik nach dem Maße der Zeitbedürfnisse erfunden hatte. Sie waren Konsuln, Tribunen usw. Hier ist alles Einfachheit und Festigkeit. Aus demselben Grunde nehmen die Klammern der ungeheuren Travertinblöcke, die man allenthalben bemerkt, einen so erstaunlich grandiosen Charakter an. Der Betrachter dankt diese Empfindung, die durch die Erinnerung noch erhöht wird, der Abwesenheit jeder kleinlichen Einzelheit. Die Aufmerksamkeit bleibt allein auf die Gesamtheit der wunderbaren Architektur gerichtet.

*

Man muss im Orient, unter den Ruinen von Palmyra, von Balbec oder von Petra Bauwerke suchen, die diesem an Größe gleichkommen; aber jene Tempel setzen in Erstauen, ohne uns innerlich so zu bewegen. Wenn sie auch ausgedehnter sind als das Kolosseum, sie machen auf uns doch nie denselben Eindruck. Sie sind nach anderen Schönheitsregeln erbaut, nach Regeln, die wir nicht mehr gewöhnt sind. Die Zivilisationen, die diese Schönheit geschaffen haben, sind von dem Erdboden verschwunden.

*

Nikolaus V., Julius II., Leo X. waren würdig, zugleich von den Kolosseumsruinen und der Peterskuppel begeistert zu werden.

Als Michelangelo an dieser Kirche arbeitete, fand man ihn, der schon sehr alt war, an einem Wintertag, nach einem großen Schneefall, im Kolosseum herumschweifen. Er wollte seine Seele zu der Stimmung erheben, die nötig war, um die Schönheiten und die Mängel seiner eigenen Zeichnung zur Peterskuppel herauszufühlen. So groß ist die Herrschaft der göttlichen Schönheit: Ein Theater gibt die Idee zu einer Kirche.

*

Sobald andere Neugierige zum Kolosseum kommen, ist es um das Vergnügen des Reisenden geschehen. Anstatt sich in erhabenen Träumen zu verlieren, beobachtet er unwillkürlich die Lächerlichkeiten der Neuangekommenen, und es scheint ihm immer, dass sie deren viele haben. Das Leben sinkt auf das Salonniveau herunter: Man horcht immer, ohne es zu wollen, nach den Ärmlichkeiten hin, die die andern aussprechen. Wenn ich die Macht dazu hätte, würde ich ein Tyrann sein und ich würde, während ich mich in Rom aufhielte, das Kolosseum schließen lassen.

*

Bis zur Zeit der wahnsinnigen Tyrannen wie Caligula und Nero, war die Architektur in Rom immer vernünftig. Denn die Patrizier herrschten, aber unter der Bedingung, dass sie sich dem Volke gefällig zeigten. Und gewisse Institutionen hinderten die Patrizier, das zu werden, was heutigen Tages die englischen Pairs sind. Ein Patrizier, der sein Leben mit Fuchsjagden oder mit Bilderhandel oder mit Trinken zugebracht hätte, wäre vor dem Volke verklagt und verbannt oder wenigstens durch die Zensoren von der Senatsliste gestrichen worden.

An die erste Stelle wurde ein Patrizier nur durch einen Triumphzug gesetzt, und um Anspruch darauf zu erheben, musste er dem Feinde fünftausend Männer erschlagen haben. In Rom regierte also die öffentliche Meinung. Hungersnöte und Krieg sorgten, dass man während der ersten Jahrhunderte der Republik nur an das Nützliche dachte. Das Schöne erschien in jener Zeit als eine Korruption bei den Reichen. Aus diesem Grund hatten die Catone und andere verknöcherte alte Römer, die mehr Anhänglichkeit an alte Gebräuche als wirkliche Tugend, und mehr Tugend als Witz besaßen, immer einen Zorn gegen das Schöne, und infolge davon, gegen den Reichtum und gegen Griechenland, von wo das Schöne gekommen war.

Das Pantheon, vom Schwiegersohn des Augustus erbaut, war das erste große nicht nützliche Baudenkmal.

*

Das Pantheon hat einen großen Vorzug: Zwei Augenblicke genügen, um von seiner Schönheit durchdrungen zu werden … Ich glaube niemals einen Menschen getroffen zu haben, der beim Anblick des Pantheon gänzlich unbewegt geblieben wäre. Dieser berühmte Tempel hat also etwas an sich, das sich weder in den Fresken des Michelangelo noch in den Statuen des Kapitol findet.

*

Ein Gefühl der Neugier, das nichts aufhalten kann, treibt den Reisenden das ganze Forum zu durchstreifen. Wir sind dann zum Triumphbogen des Septimius Severus am Abstieg vom Kapitol zurückgekehrt.

Beim Anblick dieses Denkmals begreift man den tiefen Verstand, der den Geist der Alten regierte. Man kann sagen, dass bei ihnen das Schöne nur der Ausfluss des Nützlichen war. Was am Severusbogen zuerst auffällt ist die lange Inschrift, die dazu bestimmt war, die Geschichte seiner Taten bis in die fernste Nachwelt zu tragen. Und diese Geschichte kommt wirklich bis zu ihr.

*

Der römische Corso ist vielleicht die schönste Straße der Welt, trotz des Gestanks von faulem Kraut und des Anblicks der Lumpen, die man durch die Fenster in den Wohnungen sieht.

Ein Gebirgspass kann schön sein durch die Aussicht, die man von ihm aus genießt. Der Corso ist schön der Steine wegen, die aufeinander getürmt sind. Die Paläste, die diese Straße einfassen, haben viel Stil.

Dieser Stil ist erhaben und dem der Balbistraße in Genua sehr überlegen. Regent Street in London setzt in Erstaunen, aber macht kein Vergnügen und hat keinen Stil.

*

Wären die Päpste nicht von Avignon wieder zurückgekommen, wäre das priesterliche Rom nicht auf Kosten des antiken Rom aufgebaut worden, so hätten wir viel mehr römische Denkmäler; aber die christlich-katholische Religion wäre dann nicht eine so innige Verbindung mit dem Schönen eingegangen, wir hätten heute weder Sankt Peter noch die andern herrlichen Kirchen, die auf der ganzen Erde verteilt sind … Wir selbst, die Kinder des Christentums, wären dem Schönen weniger zugänglich …

*

Nichts lässt in der Architektur von St. Peter die Anstrengung merken; alles scheint groß von Natur zu sein. Die Gegenwart des Genies eines Bramante und Michelangelo macht sich so fühlbar, dass Lächerlichkeiten hier nicht mehr lächerlich sind, sie sind nur bedeutungslos.

*

Eine der Quellen des Vergnügens, das ein großes Baudenkmal bietet, ist vielleicht die Empfindung der Macht, die es geschaffen hat. Und dem Begriff von Macht ist nichts so tödlich, als der Anblick einer aus Mangel an Reichtum unzulänglichen Nachahmung.

*

Der *Pont du Gard*. Dieses Bauwerk, das nichts als ein Aquädukt war, erhebt sich majestätisch mitten in der tiefsten Einsamkeit.

Die Seele wird in langes tiefes Staunen versetzt. Kaum das Kolosseum in Rom hat mich in so tiefe Träumerei versenkt. Diese von uns bewunderten Arkaden bildeten einen Teil des sieben Meilen langen Aquäduktes, der die Wasser der Quellen von Eure nach Nimes führte. Sie mussten über ein enges und tiefes Tal weggeführt werden, deshalb das Bauwerk.

Man findet daran keine Spur von Luxus oder Zierrat. Die Römer schufen derartig erstaunliche Dinge, nicht um Erstaunen einzuflößen, sondern einfach aus Nützlichkeitsgründen. Die echt moderne Idee der Effekthascherei wird hier weit weggewiesen von der Seele des Beschauers, und wenn er dennoch daran denkt, so ist es, um sie zu verachten. Die Seele wird von Empfindungen erfüllt, die sie nicht zu beschreiben, geschweige denn zu übertreiben wagt. Die wahren Leidenschaften haben ihre Keuschheit. Drei Arkadenreihen in Rundbogen in toskanischer Ordnung übereinander errichtet, bilden diese große Masse von sechshundert Fuß Längenausdehnung auf einhundertsechzig Fuß Höhe.

Die erste Reihe, die den ganzen Grund des Tales einnimmt, ist nur aus sechs Arkaden gebildet.

Die zweite höhere Reihe findet das Tal breiter und hat elf Arkaden. Die dritte Reihe besteht aus fünfunddreißig kleinen sehr niedrigen Bogen, und trägt unmittelbar den Kanal von sechs Fuß Breite und sechs Fuß Tiefe. Ich werde es nicht versuchen, Redensarten über ein so herrliches Denkmal zu machen, von dem man eine Abbildung sehen muss, nicht um die Schönheit zu empfinden, sondern um den außerordentlich einfachen und genau nur für den Nutzen berechneten Bau zu begreifen.

Zum Glück für den Reisenden, der künstlerisch zu empfinden vermag, nach welcher Seite sein Blick sich auch hinwendet, er trifft auf keine Spur menschlicher Behausung, auf keine Andeutung irgendwelcher Kultur. Thymian, wilder Lavendel, Ginster, die einzigen Produkte dieser Wüstenei, hauchen ihre einsamen Düfte aus unter einem Himmel von blendender Heiterkeit. Die Seele ist ganz sich selbst überlassen, und gewaltsam wird die Aufmerksamkeit hingezogen zu diesem Werk eines königlichen Volkes. Dies Denkmal muss, meiner Ansicht nach, wie eine erhabene Musik wirken. Für einige auserwählte Menschen ist sein Anblick ein Ereignis, die andern grübeln verwundert über die Geldsummen nach, die es gekostet haben mag.

*

Um fünf Uhr morgens in Nîmes angekommen, denn man kann wegen der großen Hitze nur nachts reisen, stürme ich zur *Maison Carrée*. Was für ein philiströser Name für diesen entzückenden kleinen Tempel! Vor allem ist er gar nicht quadratisch, er hat die Form einer Spielkarte, wie jeder anständige antike Tempel. Sein kleiner, offener, von reizenden korinthischen Säulen gestützter Portikus zeichnet sich auf dem blauen südlichen Himmel ab. Die anderen ihn umgebenden Säulen sind zur Hälfte in die Mauer eingebaut.

Die Wirkung des Ganzen ist bewundernswürdig. In Italien habe ich großartigere Denkmäler gesehen, aber nichts so Zierliches, von jener antiken Zierlichkeit, die obgleich mit Zierrat beladen, die Schönheit nicht ausschließt. Das ist das Lächeln eines gewöhnlich ernsthaften Menschen. Man wird tief gerührt beim Anblick des Tempels, der trotz alledem nur zweiundsechzig Fuß lang und sechsunddreißig Fuß breit ist. Wie man sieht, ist er kleiner als die meisten unserer gotischen Dorfkirchen: und welch ein Unterschied für die Größe der Dinge, die sie der Seele sagen. Die Tempel der Alten waren klein, und die Zirkusse sehr groß. Bei uns ist es umgekehrt. Bei uns verdammt die Religion das Theater und gebietet sich zu kasteien. Die Religion der Römer war festlich. Sie heischte von ihren Gläubigen nicht die Aufopferung ihrer Leidenschaften, sondern nur deren Betätigung auf eine dem Vaterland nützliche Weise. Sie hatte kein Bedürfnis, die Menschen viele Stunden lang zu versammeln, um ihren Seelen die Höllenfurcht einzugraben ...

Der Leser sollte ein Bild der *Maison Carrée* besitzen. Das fünfte oder sechste Mal bereits sehe ich mir diesen entzückenden Tempel an, und bei jeder Reise macht er mir mehr Freude. Colbert hatte den Plan, die Steine nummerieren und sie nach Paris transportieren zu lassen. Im Prinzip war diese Idee gut, Voltaire hätte sich dann nicht sein ganzes Leben lang bemüht, den »wundersamen« Springbrunnen von Grenelle in den Himmel zu erheben. Aber es ist gut, dass man den Gedanken nicht ausgeführt hat: Ein talentloser Architekt, namens Mansard, der, in seinem Stand, eine Art Günstling Ludwigs XIV. war, hätte zweifellos dem antiken Bauwerk, indem er es wieder zusammensetzte, irgendeinen schönen Zierrat zugefügt.

*

Ich habe mich nur einen halben Tag aufgehalten, um Orange zu sehen. Ich finde alle Straßen mit Leinwand überdeckt, es herrscht eine wahre Gluthitze. Dies Klima entzückt mich, es würde allein genügen, mich vierzehn Tage glücklich zu machen. Fast möchte ich mit Aramintha sagen, es versenkt in süße Traumesseligkeit.

Ich wollte das Theater und den Triumphbogen sehen. Das Gemäuer des Theaters beobachtet man schon von Weitem, es beherrscht die ganze Stadt. Der Triumphbogen, wahrscheinlich zur Zeit Mark Aurels erbaut, hat eine wundervolle Lage. Er erhebt sich in der staubigen Ebene, fünfhundert Schritt von den letzten Häusern nach Lyon zu. Sein orangegelbes Aussehen steht in schöner Harmonie zu dem tiefen Azurblau des provençalischen Himmels.

Man nennt ihn heute den Bogen des Marius, aber nichts an ihm deutet weder auf den Zeitpunkt der Entstehung noch auf den Zweck dieses Denkmales. Als dieser pomphafte Bau errichtet wurde, um den Ruhm einer großen Nation und ihrer Feldherren zu verewigen, wer hätte da vorhersehen können, dass es einmal eine Zeit gäbe, wo er fast noch vollständig bestehen würde, ohne dass es möglich wäre, irgendetwas über seinen Zweck zu wissen.

*

Das ist wundervoll in Rouen, dass die Wände aller Häuser aus großen Holzbalken gebildet sind, die senkrecht einer auf dem andern stehen. Der Zwischenraum ist mit Mauerwerk ausgefüllt. Aber die Holzteile sind nicht etwa vom Mörtel überdeckt, und so sieht das Auge allerwärts spitze Winkel und vertikale Linien. Die spitzen Winkel werden durch Querbalken zwischen den vertikalen gebildet, gleich dem Mittelstrich des großen N.

Meiner Ansicht nach liegt hierin die Ursache der wunderbaren Wirkung, die die gotischen Bauwerke in Rouen hervorbringen; sie sind die Hauptleute der sie umgebenden Soldaten.

Zur gotischen Zeit war Rouen die Hauptstadt sehr reicher Herren, geistvoller Leute, die noch ganz berauscht waren von Freude über das unerhörte Glück der Eroberung Englands, die sie wie durch ein Wunder vollführt hatten. Rouen ist das Athen der gotischen Epoche.

Ich habe mich mühsam von der Kathedrale losgerissen; ich wollte noch die Kirche Saint Ouen sehen, die König Richard II. von England gebaut hat. Das ist ein Meisterwerk der gotischen Kunst. Und dazu noch ragt die Ostseite der Kirche mitten in einen englischen Garten hinein … Aus Abscheu gegen das Tier, das man Cicerone nennt, dankte ich für die Angebote eines kleinen Männchens, das mir die Türe aufschloss, da die Kirche nach elf Uhr morgens geschlossen wird. Aber sie wird in der Dämmerung wieder geöffnet, wo dann Weiber aus dem Volke Litaneien abbeten. Ich empfehle es dem Kenner angelegentlich, dieses Denkmal nicht zu übersehen: Es ist der Triumph des gotischen Stils. Glücklicherweise ist Saint Ouen auch durch keinen unwürdigen modernen Zierrat verdorben worden.

*

Der gotische Stil sucht die Fantasie des Gläubigen im Innern zu überraschen. Aber im Äußeren schämt er sich nicht, seine Bauwerke mit stützenden Schwibbogen zu umgeben, die, wenn das Auge nicht daran gewöhnt wäre, den Anschein drohenden Einsturzes hervorbringen müssten. Die allmächtige Gewohnheit hindert uns, diese Hässlichkeit zu empfinden. Sie hindert uns, das Augenscheinliche zu bemerken, das man uns von Kind auf zu verneinen gelehrt hat.

*

Nichts Einfacheres als die Architektur griechischer Tempel; das Komplizierte, das Überraschende, das Minutiöse macht im Gegenteil das Hauptverdienst der Gotik aus.

*

Im elften Jahrhundert, als die Gesellschaft von Neuem gebildet wurde, brachte sie in Frankreich mancherlei hervor, unter anderm die romanische Architektur, welche sich nach und nach mit Zierraten belud. Diese Zierrate, die ihre Reize erhöhten, missfielen aber zuletzt. Und am Ende des zwölften Jahrhunderts zog man ihr die kühne und schlanke gotische Architektur vor, die in Bezug auf Ornamentales zuerst einfach und streng blieb. Allmählich belud auch sie sich mit Schmuck, und als ihre charakteristischen Formen unter dem Bauwerk verschwunden waren, wurde sie ihrerseits verlassen. Man kehrte zu den antiken Formen zurück. Das ist die Renaissance von 1500.

So kann man also sagen, dass das Übermaß an Zierraten diese zwei Architekturen getötet habe, wie das Übermaß des Schmuckwerkes und der falschen Delikatesse auf dem Punkte waren, am Ende der Regierung Ludwigs XVI., die französische Literatur zu töten. Betrachtet Delille und seinen Abscheu vor der Hälfte aller Wörter.

Etwas Ähnliches ereignete sich mit der Architektur beim Tode der romanischen und, im Jahr 1500, beim Tode der gotischen Bauart.

Über Skulptur

Michelangelo kannte die Griechen, wie Dante den Virgil. Sie bewunderten beide, aber sie kopierten nicht. Darum spricht man von ihnen noch nach Jahrhunderten ...

Im Charakter Michelangelos lag zu viel Stolz, seine Verachtung für die Steinverhunzer, wie er die zeitgenössischen Architekten nannte, war zu aufrichtig, er war darum kaum danach angetan, einen nennenswerten Einfluss auf die jungen Leute auszuüben, die reichen Greisen den Hof machten und von ihnen beauftragt wurden, Kirchen zu bauen. Aber diese Künstler, heute längst vergessen, glaubten alle Michelangelo nachzuahmen. Und so pflegte er zu sagen: Mein Stil ist bestimmt, viele Dummköpfe zu machen.

*

Der Mark Aurel ist die beste Reiterstatue in Bronze, die uns von den Römern geblieben ist. In Betracht des Ausdrucks, der wunderbaren Natürlichkeit und der Schönheit der Zeichnung, ist die Statue des Mark Aurel das Gegenteil von denen, die uns unsere Bildhauer in Paris herstellen. Z. B. hat der Heinrich IV. auf dem Pont-Neuf das Ansehen, als ob er nur damit beschäftigt wäre, nicht vom Pferd zu fallen. Mark Aurel ist ruhig und einfach. Er glaubt sich durchaus nicht verpflichtet, Scharlatan zu sein. Er spricht zu seinen Soldaten. Man erkennt seinen Charakter und hört fast seine Worte.

Die materiellen Geister, die den ganzen Tag nur von dem Glück träumen, Geld zu erwerben oder von der Furcht, es zu verlieren, geben natürlich dem galoppierenden Ludwig XIV. auf der Place des Victoires den Vorzug. Und obwohl ich mein Leben um keinen Preis mit dieser Art Menschen verbringen möchte, gebe ich doch ohne Weiteres zu, dass sie völlig im Recht sind. Die mutige Handlung, die sie vollbringen, nämlich tapfer zu loben, was sie freut, ist die Basis des guten Geschmacks. Daher stammt auch meine Bewunderung für Herrn Simond von Genf, der über Michelangelos Jüngstes Gericht witzelte.

Die ungeheure Mehrzahl der Reisenden dachte wie Herr Simond, aber wagte nicht, es auszusprechen.

In unserer Bewunderung für Mark Aurel haben wir keinen Nebenbuhler.

Ein kunstliebender Fürst könnte versuchen, eine Kopie des römischen Mark Aurel in irgendeinen Winkel des Boulevard zu stellen. Diese Statue würde unseren Pariser geistreichen Leuten zuerst kalt und ohne Anmut erscheinen. Aber nach und nach, wie einmal die Zeitungen ihr Lob verkündeten, würden sie sie bewundern.

*

Diese schauerlich ernsten Sätze schreibe ich in Lyon, vor einem Fenster, das die Place de Bellecour beherrscht mit der Statue Ludwigs XIV., die von einer Schildwache bewacht werden muss. Ich gestehe, Lyon hat mich trübe gestimmt.

Dies Standbild Ludwig XIV. ist, ästhetisch gesprochen, sehr flach, aber es ist großartig ähnlich. Das ist genau der Ludwig XIV. des Voltaire. Nichts könnte der ruhigen und natürlichen Majestät des Mark Aurel auf dem Kapitol unähnlicher sein. Das Rittertum hat hier seine Spuren zurückgelassen.

Übrigens handelt es sich nicht um eilte, sondern um zwei gleich schwierige Aufgaben: die des Fürsten und die des Bildhauers. Majestät darstellen, die nicht lächerlich wirkt, ist heutzutage eine böse Sache. Du machst gewisse Gesten, du hebst den Kopf hoch, um mir, mir aus der Kleinstadt, das Gefühl einzuflößen, dass du ein Fürst bist. Du würdest dir nicht die Mühe geben, diese Geste zu machen, wenn du allein wärest. Es ist natürlich, dass ich mir sage: Gelingt es diesem Komödianten? Finde ich ihn majestätisch? Diese einzige Frage zerstört allen Eindruck.

*

Seit Langem schon macht man keine heftigen Bewegungen mehr, und die Natürlichkeit ist aus der guten Gesellschaft verschwunden. Je wichtiger etwas ist für den, der es ausspricht, je mehr muss er davon unberührt scheinen. Was soll nun da die arme Plastik machen, die Bewegungen auszudrücken hat? Sie muss sterben. Wenn sie die Größen des Tages in der Tat begriffen darstellen will, ist sie meistens verdammt, eine Affektion nachzuahmen. Man sehe die Statue des Casimir Périer aus dem Pére Lachaise. Er spricht mit Künstelei. Um zu seinen Kollegen von der Kammer zu reden, hat er den Mantel über seine Uniform gezogen; was den Gedanken veranlassen könnte, wenn diese Statue überhaupt einen Gedanken eingäbe, dass der Held auf der Tribüne einen Regen befürchtet.

Man sehe die Bewegung Ludwigs XIII. von Ingres, im Augenblick, wo er sein Königreich unter den Schutz der Heiligen Jungfrau stellt. Der Künstler hat eine leidenschaftliche Geste ausdrücken wollen, und hat trotz seines großen Talentes nur eine Lastträgergebärde fertiggebracht. Die Madonna macht eine Schnute, um ernst und achtungsvoll auszusehen. Sie ist trotzdem nicht ernst. Sie kann gar nicht verglichen werden mit der Madonna eben jenes Raphael, den Ingres nachahmen will.

Man sehe den Heinrich IV. vom Pont-Neuf an: Das ist ein Rekrut, der vom Pferde zu fallen fürchtet. Der Ludwig XIV. von der Place des Victoires zeigt mehr statuarisches Können. Das ist ein Herr Franconi, der vor einem vollen Zirkus sein Pferd Kunststücke machen lässt. Mark Aurel dagegen streckt einfach die Hand aus, um zu seinen Soldaten zu sprechen. Er denkt nicht daran, majestätisch sein zu wollen, um sich von ihnen Achtung zu erzwingen.

Aber, sagte mir ein französischer Künstler, ganz stolz auf seine Bemerkung, die Schenkel des Mark-Aurel sind in die Seiten des Pferdes eingedrückt.

Ich antworte: »Ich habe ein Handschreiben Voltaires mit drei orthografischen Fehlern gesehen.«

Und ich hätte diesem braven Manne eine lebhafte Freude bereiten können, wenn ich ihm gesagt hätte, dass entgegen den Vorstellungen des gelehrten Quatremère, die Statue des Mark Aurel ganz aus Stücken zusammengeflickt ist. Wie hätte er voller Eitelkeit mit der Überlegenheit der heutigen Gießer geprahlt! ... Das Mechanische aller Künste vervollkommnet sich; man gießt zum Entzücken Vögel von der Natur ab; aber die Fürsten und großen Männer, die wir in die Mitte unserer öffentlichen Plätze setzen, haben das Ansehen von Komödianten, und noch dazu von schlechten.

*

Von Vitellius sah ich eine wundervolle Büste. Sie ist das Ideal eines grand seigneur, der nach sinnlichen Genüssen gierig ist. Ich kenne drei

oder vier Büsten, höchstens, die dieser vergleichbar sind: den Vater
Trajans im Vatikan, den alten Scipio in Bronze, in Neapel, den jungen
Tiberius in Marmor. Den in Rom so bewunderten jungen Augustus
finde ich diesen untergeordnet; er ist eine Arbeit aus dem Jahrhundert
des Hadrian.

Eine Büste muss die Gewohnheit der Seele wiedergeben, nicht die
Leidenschaft des Augenblicks. Aber darüber wäre viel zu sagen und
man würde sich über die Gedanken, die mir diese herrliche Büste
eingegeben, lustig machen. Wir haben in Frankreich kaum etwas anderes, als die Büste von Leuten, die fühlen, dass man sie ansieht, oder
noch Schlimmeres: die Büste von Fürsten, die sich in ihrer Würde
aufspielen oder mit Einfachheit und Natürlichkeit schön tun.

»Freund, nimm doch deinen genialen Blick an«, sagte jene Frau zu
ihrem berühmten Manne, der sich malen ließ. Und das Publikum mag
sich noch so sehr über den genialen Blick lustig machen, es fällt doch
darauf hinein. Desaix würde in unsern Salons für einen Dummrian
gelten. Der Franzose sieht die Tapferkeit nur unter der Gestalt eines
Tambourmajors.

*

Ich hatte oft die Ehre, mit Canova die Frage der Gesten zu behandeln,
die so wichtig sind für die Skulptur, deren einziges Ausdrucksmittel
sie bilden. Der moderne Mensch aber perhorresziert die Geste, und
vielleicht wird selbst Italien, wenn es auf dem Grad der heutigen
französischen Zivilisation angelangt sein wird, sich die Geste abgewöhnt
haben.

*

Bei Tambroni sprachen wir manchmal vor Canova von der Notwendigkeit für die Bildhauer zivilisierter Nationen, die Gesten berühmter
Schauspieler nachzuahmen, also eine Imitation zu imitieren. Wir hatten
gut pikant sein, Canova hörte uns kaum zu. Er hielt wenig von philosophischen Diskussionen über Kunst. Er liebte es offenbar mehr, über
den reizenden Bildern zu träumen, die ihm seine Fantasie vorstellte.
Eines einfachen Handwerkers Sohn, hatte ihn die glückliche Unwissenheit seiner Jugend vor der Ansteckung aller Ästhetiken bewahrt, von
Lessing und Winkelmann, die über den Apollo des Belvedere Phrasen

machten, bis zu den Herren Schlegel, die ihn gelehrt hätten, dass die antike Tragödie nichts war als Skulptur. Wenn solche Kunsttheorien für uns andere den Zauber der Unterhaltung ausmachten, so kam das wohl daher, dass wir eben keine großen Künstler waren. Um angenehmer Bilder teilhaft zu werden, hatten wir es nötig zu sprechen.

*

Eines Abends sprach Canova von den Anfängen seiner Laufbahn: »Ein venetianischer Edelmann stellte mich durch seine Freigebigkeit so, dass ich um meine Subsistenz nicht mehr zu sorgen brauchte, und so habe ich das Schöne geliebt.« Da die Damen ihn lebhaft darum baten, fuhr er fort, uns sein Leben zu erzählen, Jahr für Jahr, mit jener völligen Einfalt, die den Hauptzug dieses virgilischen Charakters ausmacht.

An weltliche Intrigen dachte Canova nur, um sich vor ihnen zu fürchten. Er war ein Arbeiter, einfältigen Geistes, der vom Himmel mit einer schönen Seele und mit Genie begabt worden. In den vornehmen Gesellschaftssälen suchte er nach Schönheiten und bewunderte sie voller Leidenschaft. Mit fünfundzwanzig Jahren war er noch so glücklich, nicht orthografisch schreiben zu können; und mit fünfzig Jahren wies er das Kreuz der Ehrenlegion zurück, weil er einen Eid hätte leisten müssen. Zur Zeit seiner zweiten Pariser Reise (1811) lehnte er eine herrschaftliche Wohnung seitens Napoleons ab. Man bot sie ihm an, wo er sie haben wollte, nahe bei Paris oder entfernt davon, z. B. in Fontainebleau, und außerdem einen Gehalt von fünfzigtausend Francs, sowie vierundzwanzigtausend Francs für jede Statue, die er für den Kaiser machen würde. Canova aber weigerte sich, diese glänzende Existenz und diese Ehrenerweisungen anzunehmen, die ihn in den Augen der ganzen Welt als den größten der lebenden Bildhauer proklamiert hätten; er kehrte nach Rom in seine bescheidene Wohnung zurück.

Er fürchtete für sein Genie, in diesem Frankreich, dem Lichte der Welt, das damals von Siegen und Ehrgeiz erfüllt war, wie heute von Industrie und politischen Diskussionen.

*

Notre-Dame de Brou ist die letzte Kirche, die vom gotischen Geiste inspiriert ist. Sie wurde im Jahr 1511 begonnen. (Raphael, 1483 geboren, war damals achtundzwanzig Jahre alt. Das Licht herrschte in Italien, Gallien befand sich noch in Finsternis.)

... Man urteile über die Geduld der Handwerker und über den Geschmack der zahlenden Fürsten: Alles was in Metall auszuführen schwer scheinen würde, in Brou findet man es in Marmor vollbracht. Weinblätter gibt es da, die drei Daumen von dem Marmorblock abstehen, aus dem man sie gemeißelt hat. Und der ganze Chor, siebenundneunzig Fuß lang, weist diese Arbeit auf. Eine solche Geduld, ein solche mehr als mönchische Entsagung, kann sie sich mit dem geringsten Genie verbinden!

Auf einem andern Gebiet erzeugt diese erhabene Geduld das Talent jener Akademieliteraten, das absolute Monarchen so gern bezahlen.

Die Statuen von Brou sind übrigens ziemlich gut. Der Bildhauer verstand sein Handwerk und wusste, dass die plastische Kunst nicht anders leben kann als durch das Nackte.

Seit dreihundert Jahren waren die Nacktheiten von Brou niemandem ärgerlich gewesen. Im Jahr 1832 aber haben sich die Seminaristen darüber aufgehalten, und der Hammer hat allem abgeholfen, was ihre keuschen Blicke verletzte.

Das Nackte besaß bei den Griechen einen Kultus, bei uns stößt es ab. In Frankreich gewährt die breite Masse den Namen des Schönen nur dem, was weiblich ist.

Der Plastiker muss ein tiefgründiges Wissen und vor allem einen kühnen Charakter haben, um Kolossalbilder machen zu können. Sonst sehen sie aus wie Miniaturen unter einem Vergrößerungsglas.

In der Peterskirche. Hat man sich von der Betrachtung der Kuppel endlich losreißen können, so kommt man ins Innerste der Kirche; aber wenn man Seele hat, ist man bereits ermüdet und man bewundert nur noch aus Pflicht.

Im Innern der Tribuna bemerkt man vier riesenhafte Bronzestatuen, welche auf ihren Fingerspitzen, mit Grazie, wie Tänzer in einem Ballett von Gardel tun würden, einen ebenfalls bronzenen Sessel stützen. Er dient dem Holzstuhl als Einfassung, den St. Peter und seine Nachfolger lange Zeit für ihre geistlichen Amtshandlungen in Gebrauch hatten. An dem geringen Eindruck, den diese vier Kolossalstatuen machen, erkennt man den Geist des Bernini. Was hätte nicht Michelangelo mit dieser Bronzemasse für eine Wirkung hervorgebracht, an einem Ort, wo der Beschauer durch die Kolonnaden, durch den Anblick der Kirche und der Kuppel so glücklich vorbereitet war! Aber Michelangelo fehlte es an Talent zur Intrige, um sich in Arbeit setzen zu lassen.

Es ist selbstverständlich, dass die gelbfarbigen Glasfenster Berninis Erfindung sind. Die Totalwirkung scheint mir »hübsch«, und darum dieses Tempels, der »schön« ist, gänzlich unwürdig. Aber diese zwei Worte sind in vielen nordischen Köpfen auch nicht deutlich getrennt.

Ein geistreicher Papst könnte irgendeiner Kirche in Amerika mit Berninis vier Statuen ein Geschenk machen. Sie sind für Philister bewundernswert, aber durch ihre komische Übertreibung der Stelle ganz unwürdig, die sie in St. Peter einnehmen.

Das Rokoko, das Bernini in Mode gebracht hat, ist im Kolossalstil besonders abscheulich.

*

Wir sind dann zu einem grässlichen Grabmal gekommen. Ein riesiges Skelett aus vergoldetem Kupfer hebt eine Draperie von gelbem Marmor auf: das ist die letzte Arbeit Berninis. Ich leugne nicht, dass hier ein gewisses Feuer der Ausführung vorhanden ist, das die Blicke des Volkes anzieht. Oft genug sah ich vor diesem Werk die Sabinischen Bauern mit offenem Maule stehen. Aber was gemacht ist, den gemeinen Menschen zu rühren, empört meine Freunde. Das ist das große Dilemma der Künste und der Literatur im neunzehnten Jahrhundert.

*

Zuletzt sind wir bei der berühmten Gruppe des Bernini angelangt, bei der Kapelle, die von einem Großonkel unseres Freundes, des liebenswürdigen Grafen Corner gebaut worden ist.

Die heilige Theresia ist hier in der Ekstase der himmlischen Liebe dargestellt, sie ist von lebendigstem und natürlichstem Ausdruck. Ein Engel, mit einem Pfeil in der Hand, scheint ihre Brust zu entblößen, um ihr den Pfeil ins Herz zu stoßen. Er blickt sie ruhig und lächelnd an. Welch göttliche Kunst, welche Sinnlichkeit! Unser guter Mönch, in der Meinung, dass wir sie nicht verständen, erklärte uns diese Gruppe. »*E un gran peccato*«, schloss er, dass diese Statue leicht die Idee einer profanen Liebe wecken könne.

Wir haben dem Ritter Bernini alles Unrecht verziehen, das er der Kunst zugefügt hat. Hat der griechische Meißel jemals etwas diesem Kopfe der heiligen Theresia ähnliches hervorgebracht? Bernini hat in dieser Statue die leidenschaftlichsten Briefe der jungen Spanierin zu übersetzen gewusst. Die griechischen Bildner des Illissus und des Apollo haben, wenn man will, Besseres geleistet; sie haben uns den majestätischen Ausdruck der Kraft und der Gerechtigkeit gegeben. Aber wie weit es ist von da zur heiligen Theresia!

Über Malerei

Ich fühle, dass mein Herz der Kunst Bolognas abspenstig wird. Einzig und mit Liebe Dante lesend, denke ich nur noch an die Männer des zwölften Jahrhunderts, die durch die Kraft der Leidenschaften und des Geistes so einfach und göttlich waren. Die Eleganz der Bologneser Schule, die griechische und nicht italienische Schönheit der Köpfe Guido Renis beginnen mich zu ärgern wie eine Art Profanation. Ich kann es mir nicht verbergen, ich bin in das italienische Mittelalter verliebt.

*

Cimabue. Man kann diesen ältesten der Maler kaum loben, als indem man auf die Mängel hinweist, die er nicht hat. Seine Zeichnung bietet eine weniger große Anzahl von geraden Linien, als die seiner Vorgänger; die Gewänder werfen Falten, und man beobachtet eine gewisse Geschicklichkeit in der Art die Figuren zu verteilen, und manchmal einen erstaunlichen Ausdruck. Aber man muss gestehen, dass ihn sein Talent nicht zum Anmutigen befähigte. Seinen Madonnen fehlt es an Schönheit, und seine Engel in einem und demselben Bilde zeigen fast alle die gleichen Züge. Streng wie das Jahrhundert, in dem er lebte, gelangen ihm am besten die Charakterköpfe, besonders die Köpfe von Greisen. Er wusste in ihrem Antlitz die Willenskraft und die Pflege hoher Gedanken zu betonen. In dieser Hinsicht haben die Modernen ihn nicht so viel übertroffen, wie man eigentlich glauben sollte. Voll von einer kühnen und fruchtbaren Einbildungskraft, war er der erste, sich an Gegenstände heranzuwagen, die eine größere Anzahl von Figuren erforderten, und diese Figuren in kolossalen Verhältnissen zu zeichnen.

Die zwei großen Madonnen, die sich die Neugierigen in Florenz ansehen, die eine bei den Dominikanern, die andere in der Kirche della Trinita, mit jenen Prophetengestalten, in welchen man die Diener des Allerhöchsten erkennt, geben von seinem Genie keinen so vollständigen Begriff, wie die Fresken in der Oberkirche von Assisi.

Da erscheint er für sein Jahrhundert bewundernswürdig. Die Gestalten Jesu und der Maria, oben in der Wölbung, haben allerdings noch etwas von der byzantinischen Manier; aber die Evangelisten und Kirchenlehrer, die, auf dem Stuhle sitzend, den franziskanischen Mönchen die Mysterien der Religion deuten, zeigen eine Originalität des Stiles und eine Kunst alle Teile zusammenzufügen, dass sie eine Wirkung hervorbringen, die bis dahin von niemand erreicht worden. Die Färbung ist kräftig, die Proportionen riesenhaft, wegen der großen Ferne, in die die Figuren gesetzt sind, und nirgends falsche Verhältnisse aus Unwissenheit: Mit einem Wort, die Malerei wagt das erste Mal zu versuchen, was bis dahin nur von der Mosaik unternommen worden.

Cimabue starb 1300. Er war Baumeister und Maler gewesen.

Alles was man über seinen Charakter weiß, ist, dass er einen sonderbaren Hochmut hatte. Wenn er in einem seiner Werke, mochte es noch so fortgeschritten sein, einen Fehler entdeckte, verließ er es für immer. Die Geschichte seines Ruhmes liegt in diesen drei Dante'schen Versen:

> Credette Cimabue nella pittura
> Tener lo campo, ed ora ha Giotto il grido,
> Li, che la fama di colui oscura.

*

Giotto. Die ersten Fresken, die er in Assisi malte, neben den Fresken seines Meisters, lassen sehen, wie weit er diesen schon übertraf. Im Fortschritt des Werkes, das das Leben des heiligen Franziskus darstellt, macht auch seine Kunst Fortschritte. Bei den letzten Szenen dieses merkwürdigen Lebens angekommen, beobachtet der Betrachter mit Vergnügen eine mannigfaltigere Zeichnung in den Gesichtszügen, sorgfältiger ausgeführte Hände und Füße, eine größere Lebendigkeit des Ausdrucks, geistreichere Bewegungen der Gestalten, natürlichere Landschaften. Was in dieser Bilderfolge besonders auffällt, das ist die Kunst der Komposition. In ihr machte Giotto täglich Fortschritte. Ihn hierin zu übertreffen, scheint, trotz des frühen Jahrhunderts, fast unmöglich. Ich bewundere auch seine Kühnheit in Behandlung der Nebendinge. Er zögerte nicht, in seinen Fresken die großen architektonischen Monumente anzubringen, die seine Zeitgenossen überall aufbauten, und an ihnen die glänzenden blauen und roten und gelben Farben, oder das leuchtende Weiß anzuwenden, die damals Mode waren. Er hatte das Gefühl für die Farbe.

Die Fresken in Assisi fesseln sowohl die Augen des Kenners wie die des Unwissenden. Unter ihnen befindet sich jener vom Durste verzehrte Mann, der nach einer Quelle stürzt, die er zu seinen Füßen entdeckt. Raphael selber hätte dem Ausdruck dieser Gestalt nichts hinzuzufügen gewusst. Giotto war der Mann, auf den das vierzehnte Jahrhundert die Blicke geheftet hielt, wie das sechzehnte auf Raphael und das siebzehnte auf die Carracci.

Man hat gesagt, das Erhabene sei die Sprache einer großen Seele. Man kann mit mehr Wahrheit sagen: Die Schönheit in der Kunst sei der Ausdruck der Tugenden einer Gesellschaft.

*

Die ersten Jahrhunderte der Malerei hatten keine Ahnung von der idealen Schönheit.

Man sehe die Gemälde Ghirlandajos gegen 1480 in Toskana. Die Köpfe sind von einer überraschenden Lebendigkeit, einer Wahrheit, die uns in Entzücken versetzt. Man nannte »schön«, was treu kopiert war. Die ideale Schönheit hätte für Ungenauigkeit gegolten. Wenn jenes Jahrhundert einen Maler ehren wollte, so nannte es ihn einen Affen der Natur. Die Maler strebten einzig danach, treue Spiegel zu sein. Nur manchmal trafen sie Auswahl.

*

Ich habe mir eben sieben bis acht schöne Bilder aus der alten Florentiner Schule angesehen. Ich gestehe, dass ich ganz gerührt bin von der Naturtreue, die man bei Ghirlandajo und seinen Zeitgenossen findet, vor der Überschwemmung durch das Idealschöne. Es ist die nämliche Seltsamkeit, die mir Massinger, Fard und die anderen alten englischen Dramatiker zur Zeit Shakespeares so wert macht.

Das Ideale ist ein starkes Elixier, das die Kräfte eines Genies verdoppelt und die Schwachen tötet.

*

Ich weiß nicht, warum der Anblick der höchsten Schönheit mich gestern Abend in metaphysische Gedanken gestürzt hat. Wie schade, dass die »ideale Schönheit« in den Kopfformen erst nach Raphael in Mode gekommen ist. Die brennende Sinnlichkeit dieses Mannes hätte sie der Natur vermählen können. Der nadelspitzige Geist unserer Modekünstler ist tausend Meilen weit entfernt von dieser Aufgabe. Wenn sie wenigstens sich manchmal herablassen wollten, genau die Natur zu kopieren, ohne irgendetwas Steifes, und wäre es aus Griechenland geborgt, hinzuzufügen, so wären sie göttlich und wüssten es gar nicht. Filippo Lippi oder der Bruder von Fiesole, wenn diesen der Zufall einen Engelskopf über den Weg führte, so kopierten sie ihn sorgfältig. Das ist's, was das Studium der Maler der zweiten Hälfte des fünfzehnten Jahrhunderts so anziehend macht. Ich begreife, dass Herr Cornelius und die anderen deutschen Mater in Rom sie zum Vorbild genommen haben.

*

Raphael ist in Rom, was einst Herkules im heroischen Griechenland war: Alles was Großes und Edles in der Malerei hervorgebracht worden ist, schreibt man diesem Heros zu. Sogar sein Leben, dessen Ereignisse so einfach sind, wird dämmerig und fabelhaft und voll von Wundern, womit die Bewunderung der Nachwelt es ausstattet.

*

An den Gestalten Raphaels sieht man, wie weit dieser große Künstler von dem heutigen Geschmack entfernt war, der nur die magere Schlankheit gelten lassen will. Raphael dachte offenbar, dass allein der kräftige Körper der Wohnsitz starker Leidenschaften sein kann, die, mit ihren unendlichen Schattierungen, den Gegenstand der Kunst ausmachen. Ein schwacher, gebrechlicher, hässlicher Körper, etwa wie der Voltaires, den man in der Bibliothek der Akademie sieht, kann sicher die leidenschaftlichste Seele beherbergen. Man kann sogar behaupten, dass die heftigen Leidenschaften dem Körper die sichern Zeichen des beginnenden Verfalls ausdrücken. Aber diese Wahrheit kann die Kunst nicht aussprechen. In der Malerei muss ein leidenschaftliches Weib vor allem schön sein; jedenfalls darf sie durch Mangel an Schönheit nicht auffallen.

*

Raphael und Mozart haben das miteinander gemeinsam: Jede Gestalt Raphaels, wie jede Arie von Mozart, ist zugleich dramatisch und angenehm. Die Raphaelische Gestalt hat so viel Anmut und Schönheit, dass man ein lebhaftes Vergnügen dabei empfindet, sie im Besonderen anzusehen, und trotzdem fügt sie sich dem dramatischen Vorgang wundervoll ein. Sie ist der Stein eines Gewölbes, den man nicht herausnehmen kann, ohne der Festigkeit des Ganzen zu schaden.

*

Der Zufall, der hier einmal gerecht war, schien alle Arten von Glück in diesem so kurzen Lebenslauf aufzuhäufen. Raphael hatte die Anmut und liebenswürdige Zurückhaltung des Höflings, ohne seine Falschheit oder auch nur seine Klugheit. Wirklich einfältig wie Mozart, dachte er nicht mehr an die Mächtigen, sowie sie ihm aus dem Gesicht waren. Er träumte nur von Schönheit und Liebe. Sein Onkel Bramante nahm es auf sich, für ihn zu intrigieren. Raphaels Tod, bei 37 Jahren, ist einer der größten Unglücksfälle, die die arme Menschheit betroffen haben.

*

In den Stanzen des Vatikans. Das Gewölbe dieses Zimmers ist von Perugino. Aus Achtung vor seinem Lehrer hat Raphael nicht daran rühren wollen. Die Feinde dieses großen Menschen und alles dessen, was edelmütig ist, haben nicht ermangelt zu behaupten, dass er diese Decken so ließ, um sich einen um so höheren Triumph zu sichern. Die Eifersucht unter den Künstlern ist allgemeine Regel, die auswendig zu können es nicht viel Verstand braucht. Aber ich wage es, diesen tiefen Philosophen zu widersprechen und zu glauben, dass Raphael eine Ausnahme machte. Die Augen seiner Heiligen sagen mir, dass er seine gewöhnliche Seele hatte, und die Geschichte seines Lebens beweist es.

*

Ich habe mit Scarpa über Malerei gesprochen. Die guten Köpfe dieses Landes verachten es, Gemeinplätze zu gebrauchen. Sie haben den Mut, sich mit ihren persönlichen Meinungen herauszuwagen. Es würde sie langweilen, andern nachzusprechen. Scarpa behauptet, dass die emphatischen Biografien, die die Dummköpfe über Raphael, Titian und andere veröffentlicht haben, die jungen Künstler am richtigen Streben verhindern. Sie träumen von weltlichen Ehren, statt das Glück ihrem Pinsel oder Meißel abzufordern. Raphael aber weigerte sich, Kardinal zu werden.

*

Es fehlte Leonardo, um durch seine Werke so groß zu werden wie durch sein Genie, nur eilte einfache Erkenntnis, die aber einer vorge-schritteneren Gesellschaft, als der des fünfzehnten Jahrhunderts, vorbe-halten blieb: Nämlich, dass es einem Manne nicht gelingen kann, ein Großer zu werden, als indem er sein ganzes Leben einer einzigen Kunst weiht. Oder vielmehr, denn Erkenntnis ist nichts, es fehlte Leonardo eine tiefe Leidenschaft für irgendwelche Kunst. Das Merkwürdige ist, dass er lange Zeit als die einzige Widerlegung dieser heute gemeinplät-zigen Wahrheit gegolten hat.

Nachdem Leonardo die Milanesischen Kanäle vervollkommnet, die Ursache von der Fahlheit des Mondlichts und der blauen Färbung der Schatten entdeckt, das Kolossalpferd von Mailand modelliert, sein Abendmahlsbild und seine Abhandlungen über Malerei und Physik vollendet hatte, konnte er sich für den größten Ingenieur, den größten Astronomen, den größten Maler und Bildhauer seines Jahrhunderts halten. Während mehreren Jahren war er das alles wirklich. Aber Ra-phael, Galilei, Michelangelo erschienen nacheinander, gingen weiter als er, jeder auf seinem Gebiet, und Leonardo da Vinci, eine der schönsten Blüten, deren die menschliche Gattung sich rühmen kann, blieb in keinem Fache der Größte.

*

Die Mittel der Malerei sind die Farbe und die Behandlung des Lichts. Aber das würde mich auf Correggio bringen, und meine Freunde be-haupten ohnedies, dass ich von diesem Maler viel zu viel rede. Die Behandlung des Lichts, das Helldunkel, ist Raphaels schwache Seite. Dieser große Mann ist nie unnatürlich; nie wird ihm der Verstand einen Fehler nachweisen können. Aber in der Behandlung des Lichts und der Farben steht er nicht nur unter Correggio, er erreicht nicht einmal seinen Freund, den Fra Bartolomeo. Ja, wenn ihr euch an die heilige Petronilla und die Aurora von Guercino erinnert, werdet ihr zugeben müssen, dass Raphael in dieser Hinsicht sogar nicht einmal an Guercino hinanragt, der doch sonst, mit dem großen Meister verglichen, nur ein einfacher Handwerker ist.

*

Raphael hatte immer einen Abscheu vor der Darstellung sehr bewegter Handlungen, die von den Diderot und anderen Literaten so gepriesen werden. Diese göttliche Seele fühlte, dass die Malerei höchstens notgedrungen heftige Leidenschaften darstellen dürfe.

*

Ich habe prachtvolle Van Dycks gesehen. Wie hat dieser Maler den Zeitgenossen gefallen müssen. Wie schmeichelhaft er das Herrentum in seinen Bildnissen zu geben wusste. Welch ein Fortschritt über das natürliche Ansehen in Raphaels Bildnissen. Wie man es diesen Leuten ansieht, dass sie von Kind auf gewohnt waren, nur auf Gehorsam und Unterwürfigkeit zu stoßen.

*

Mailand. Man sieht hier Fresken von Luini, von dem, den ich in Saronno so bewundert habe. Man hat sie mit dem Stück Wand hierher gebracht, auf das sie einst gemalt worden sind. Dieser Künstler ist uns durch die künstliche Begeisterung und Affektationen der modernen Maler wieder ganz besonders lieb geworden. Er ist zweifellos kalt in der Farbe, aber er hat himmlische Angesichter; das ist eine stille süße Anmut, fast wie bei Leonardo.

*

In Parma, einer sonst ziemlich langweiligen Stadt, haben mich die himmlischen Fresken des Correggio aufgehalten.

In der Bibliothek hat mich die »Madonna von Jesus gesegnet« bis zu Tränen gerührt. Ich gab dem Diener ein Trinkgeld, damit er mich eine Viertelstunde auf der Höhe der Leiter allein ließ. Niemals werde ich der Jungfrau gesenkte Augen, ihre leidenschaftliche Stellung, die Einfachheit ihrer Kleidung vergessen. Und was soll man über die Fresken von San Paolo sagen? Wer sie nicht gesehen hat, der kennt vielleicht nicht die ganze Macht der Malerei. Die Raphaelischen Gestalten haben die antiken Statuen zu Rivalen. Aber die weibliche Liebe hat im Altertum nicht existiert. Darum ist Correggio ohne Nebenbuhler. Aber um ihn ganz zu verstehen, muss man sich im Dienste dieser Leidenschaft lächerlich gemacht haben.

*

Gestern bin ich von der geraden Straße abgewichen, um den Ort Correggio zu sehen. Hier wurde 1494 der Mann geboren, der durch seine zauberhaften Farben gewisse Gefühle auszudrücken verstanden hat, zu denen keine Dichtung hinanreicht, und die nach ihm nur noch Cimarosa und Mozart zu Papier brachten.

*

Die meisten Franzosen können sich nicht soweit erheben, um die Fresken des Correggio in Parma zu empfinden; sie rächen sich dafür durch Verketzerungen. Das ist etwas der Art wie die zartesten Fabeln von La Fontaine.

*

Die Magie der Fernen, jener Teil der Malerei, der die feinsten Kräfte der Fantasie lockt und anzieht, ist vielleicht fürs Auge die Hauptursache ihrer Überlegenheit über die Skulptur. Durch diese Magie nähert sie sich der Musik, sie veranlasst die Fantasie, ihre Bilder fertig zu machen. Und wenn uns beim ersten Anblick die Figuren des Vordergrundes mehr auffallen, so sind es doch die Gegenstände, deren Einzelheiten durch die Luft halb versteckt sind, deren wir uns mit dem meisten Entzücken erinnern; sie haben in unsern Gedanken eine überirdische Färbung bekommen.

Poussin versenkt durch seine Landschaften die Seele in einen Traumzustand. Sie glaubt sich in jene edle Fernen entrückt und dort das Glück zu finden, das uns in der Wirklichkeit ausweicht. Aus dieser Empfindung hat Correggio seine Schönheiten geschöpft, was sich nicht von Raphael sagen lässt.

Das ist unser Elend: Die am meisten für dies süße und erhabene Glück geschaffenen Seelen werden, so scheint es fast, am beständigsten von ihm gemieden. Die Vordergründe sind für sie die prosaische Wirklichkeit. Es galt jene edlen und rührenden Träumereien auszudrücken, die bei zwanzig Jahren das Glück und später den Überdruss des Lebens ausmachen. Correggio hat das nicht mit der Zeichnung zu erreichen versucht, sei es, weil die Zeichnung weniger eigentliche Malerei ist, als das Helldunkel, indem die sanfteren, leiseren Leidenschaften nicht durch Muskelbewegungen sichtbar werden, sei es, weil er, an der Brust der zauberhaften Lombardei aufgewachsen, erst spät die römischen Statuen kennenlernte. Seine Kunst war es, selbst die Vordergrundfiguren wie in der Ferne zu malen. Von zwanzig Personen, die von seinen Gestalten entzückt werden, ist vielleicht nicht eine, die sie sieht, und nicht zwei, die sich ihrer auf ein und dieselbe Weise erinnern.

Das ist Musik, das ist keine Plastik.

*

Man muss der Revolution, die der berühmte David in die Kunst gebracht hat, Dank wissen. Dieser große Maler hat Bernini den Zopf abgeschnitten.

*

Wenn der junge Maler viel Geist und Fantasie hat, aber nicht das *sine qua non* seiner Kunst besitzt, die Farbe, das *clair-obscur* und die Zeichnung, so wird er hübsche Karikaturen wie Hogarth machen, dessen Bilder niemand mehr ansieht, sobald er die geistreiche Idee, die sie dem Betrachter vorstellen sollen, einmal erfasst hat.

*

Die Malerei trägt in die Seele des Beschauers die edelsten und angenehmsten Bewegungen, indem sie den Begriff der Dinge gibt, die sie darstellt. Wie weit aber darf, von der Wahl der Gegenstände unabhängig, die Darstellung naturalistisch sein, um diesen Zweck zu erreichen?

Das ist die ganze Frage.

*

Wie mir das wahr vorkommt, was ein geistreicher Mann gesagt hat: Man fühlt sich fast als den intimen Freund der Frau, deren Bildnis in Miniatur man betrachtet; man ist so nahe bei ihr! Die Ölmalerei dagegen stellt dich in ungeheure Entfernung ...

In den Künsten, in denen Bewegungen nötig sind, sind die französischen Künstler darauf beschränkt, allgemein bekannte und von ganz Paris bewunderte Gesten nachzuahmen: die des großen Schauspielers Talma. Das Beste, was man von ihren Gestalten sagen kann, ist, dass sie mit Talent Komödie spielen. Aber selten sehen sie aus, als ob sie auf eigene Rechnung fühlten.

Seht euch im Louvre das Bild Girodets an: *Atala portée au tombeau*. Lehrt uns das Antlitz des Chactas etwas Neues über den Schmerz eines Liebhabers, der seine Geliebte zu Grabe bringt? Nein, es ist nur dem, was wir bereits wissen, wohl angepasst. Ist dieses Bild auf der Höhe dessen, was die Malerei vor Girodet geschaffen hat?

Ist das Bild Girodets auf der Höhe der Gedanken, die der Abbé Prevost am Schluss der »Histoire de Manon Lescaut et du chevalier des Prieux« in uns erzeugt?

Nein, die Figuren des großen modernen Meisters sind Schauspieler, die gut spielen, nichts anders ...

*

Wenn die Liebe Heloisens für Abälard zartere Gefühle in sich begreift als alles, was uns vom Altertum überliefert ist, so muss auch die Malerei eines Raphael und Domenico die so gepriesenen Gemälde des Apelles und des Zeuxis übertreffen.

Die Madonnen Raphaels und Correggios gewinnt man innig lieb durch ihre ziemlich gemäßigten und oft melancholischen Leidenschaftsstimmungen. Die in Pompei entdeckten reizenden Sachen gehören dagegen zu jener ganz aus Sinnlichkeit zusammengesetzten Malerei, die nichts übrig hat für die zärtliche Seele. Das ist der Gegensatz zu einer Kultur, wo man glaubt Gott zu gefallen, indem man sich Schmerzen zufügt (asketisches Prinzip des Bentham). Lest das wundervolle Kapitel »Des sacrifices«, von de Meistre, und geht von da zu dem neapolitanischen Grabmal, das das Priapusopfer darstellt. Wir glauben heut nicht mehr an de Meistre, aber das neapolitanische Grabmal beleidigt uns. Wer sind wir? Wohin gehen wir? Wer weiß es?

Im Zweifelszustand gibt es nichts Wirkliches, als das sanfte und erhabene Glück, das die Musik Mozarts und die Gemälde Correggios in unsere Seele tragen.

*

Aus nichts, nach meiner Meinung, lernen wir einen Menschen besser kennen, als aus einem Porträt von Holbein.

*

Im Jahre 1508 berief Julius II. Raphael nach Rom. Ludwig XIV. beehrte mit seiner Protektion und hochmütigen Herablassung ein paar Schriftsteller, und zwar die wenigst energischen von denen, die von Richelieu und den Sitten der Fronde gebildet worden waren. Julius II. hatte das Bedürfnis, mit den großen zeitgenössischen Künstlern zu leben. Er erhob sie zu dem Rang seiner liebsten Vertrauten, er genoss ihre Werke mit Leidenschaft. Nun ist allerdings eines wahr: Malerei wirkt kaum politisch aufwühlend, sie müsste es nur absolut wollen. Anders mit der Literatur: Hier ist es fast unmöglich, etwas Gutes zu schreiben, ohne wenigstens indirekt an Wahrheiten zu rühren, die den Inhabern der Macht unangenehm sind.

Über Musik

In der Musik gibt es zwei Wege, die zum Genuss führen: der Haydn'sche Stil und der Stil von Cimarosa, die erhabene Harmonie oder die entzückende Melodie. Die Musik Cimarosas passt für die Völker des Südens und kann von den Dummen nicht nachgemacht werden. Die Melodie war auf dem Gipfel ihres Ruhmes um 1780 herum. Seitdem nimmt die Musik eine andere Natur an, die Harmonie wird immer wuchtiger und das Melodische schwindet.

*

Das Glockenläuten ist wirklich eine Art Musik, und nachdem ich erst darüber erstaunt war, bin ich heut wahnsinnig verliebt in die eigentümliche Weise, mit der man in Mailand die Glocken läutet. Man hat das, glaube ich, dem heiligen Ambrosius zu danken, der auch das Verdienst hat, den Karneval um vier Tage verlängert zu haben ...

*

Ich komme aus der berühmten Sixtinischen Kapelle.

Ich habe der päpstlichen Messe beigewohnt, vom besten Platz aus, rechts, hinter dem Kardinal Consalvi. Ich habe die berühmten Sixtinischen Kastraten gehört. Nein, niemals war ein Charivari gräulicher: Es war das beleidigenste Getön, das ich seit zehn Jahren gehört habe. Von den zwei Stunden, die die Messe gedauert hat, habe ich anderthalb damit zugebracht, mich zu verwundern, mich zu betasten, mich zu fragen, ob ich nicht krank sei, und dann meine Nachbarn auszuforschen. Unglücklicherweise waren das Engländer, Leute, denen die Musik ein versiegeltes Buch ist. Ich befragte sie über ihre Empfindung: Sie antworteten mir mit Stellen aus Burney.

Nachdem ich mein Urteil über die Musik geschlossen hatte, genoss ich die männlichen Schönheiten der Decke und des Jüngsten Gerichts.

*

In Terracina, in der prächtigen Herberge, die der praktische Pius VI. gebaut hat, schlägt man uns vor, mit einigen Reisenden aus Neapel zu Abend zu essen. Unter sieben bis acht Personen fällt mir da ein sehr schöner, blonder, etwas kahlhäuptiger Mann auf, der etwa fünf- bis sechsundzwanzig Jahr alt sein mochte. Ich frage ihn nach Neuigkeiten aus Neapel, besonders über die Musik. Er antwortet mir mit klaren, glänzenden, heiteren Ideen. Ich frage ihn, ob ich hoffen dürfte, den Othello von Rossini noch in Neapel zu sehen, er antwortet mit einem Lächeln. Und nun bekenne ich ihm, in meinen Augen sei Rossini die Hoffnung und die Schule Italiens, der einzige Mensch mit Genie, der einzige Musiker heute, der seine Erfolge nicht auf den Reichtum der Begleitung gründe, sondern auf die Schönheit der Melodie. Ich sehe meinem Mann etwas Verlegenheit an, seine Reisegefährten lächeln: Kurz, er ist selbst Rossini.

Zum Glück und ganz zufällig habe ich weder die Faulheit noch die zahlreichen Plagiate des schönen Genius erwähnt.

Dieser arme Mann von Genie interessiert mich lebhaft. Nicht dass er etwa nicht sehr lustig und fast glücklich wäre. Aber wie schade, dass sich in diesem unseligen Lande nicht ein Souverän findet, der ihm eine Pension von zweitausend Talern gäbe und ihn instand setzte, die richtige Stunde der Eingebung zum Schreiben abzuwarten. Wie soll man da noch den Mut haben, ihm vorzuwerfen, dass er in vierzehn Tagen eine Oper macht? Er schreibt an einem schlechten Tisch, beim Lärm der Wirtshausküche, und mit der kotigen Tinte, die man ihm in einer alten Pomadenbüchse bringt. Das ist der Mann Italiens, in dem ich den meisten Geist finde. Und sicherlich hat er keine Ahnung davon.

*

An den Ufern der Saône spazieren gehend, hörte ich heute Abend einen *chant provençal*, süß, heiter, wundersam originell. Zwei Marseiller Matrosen waren es, die abwechselnd mit einer Frau ihrer Heimat sangen. Nichts zeigt besser den Abstand zwischen Marseille und Paris. Der Geist des Franzosen versteht alles wundervoll, und treibt ihn in der Musik dazu, Schwierigkeiten zu überwinden. Aber da es ihm absolut an dem musikalischen Gefühl fehlt, das darin besteht, alles Harte zu verabscheuen und dem Rhytmus zu folgen, so gefällt er sich darin, die scheußliche Musik anzuhören, die ich in Lyon beklatschen höre.

Ein Volk, das solche Sachen mit Vergnügen anhören kann, kann sich rühmen, eine Ausnahmestellung einzunehmen: Nicht nur genießt es das Gute nicht, es zieht das Schlechte vor. In der Musik hat der Franzose nur für Menuetts, Walzer und kriegerische Weisen Instinkt. Außerdem treibt ihn sein Verstand an, überwundene Schwierigkeiten zu applaudieren.

*

Warum hat man Vergnügen, im Unglück singen zu hören? Das kommt daher, dass uns diese Kunst auf geheimnisvolle und die Eigenliebe nicht verletzende Weise an das Mitleid der Menschen glauben lässt: Sie verwandelt den trocknen Schmerz des Unglücklichen in einen wehmütigen; sie entlockt dem Auge Tränen, weiter geht ihr Trost nicht. Zärtlichen Seelen, die den Tod eines geliebten Wesens betrauern, schadet sie und beschleunigt den Fortgang der Schwindsucht.

*

Für gewöhnlich kann meine Verachtung für die französische Musik kaum größer sein. Dennoch hatten mich die Briefe meiner Freunde in Frankreich fast irregemacht. Ich war nahe daran, ihnen die Gesänge der Fröhlichkeit und der heitern Unterhaltung einzuräumen. Das Ballett der Joconda schließt allen Streit für mich ab. Nie habe ich die Armut, die Trockenheit, die anspruchsvolle Unbedeutendheit unserer Musik stärker gefühlt. Und doch hat man darin alle die Melodien gesammelt, die mich früher gerührt haben. Aber das Gefühl des wahrhaft Schönen gewinnt selbst über die Jugenderinnerungen die Oberhand. Was ich da sage, wird gerade den Gipfel des Absurden und vielleicht gar des Abscheulichen für diejenigen bezeichnen, die das wahrhaft Schöne nie erlebt und empfunden haben. Die guten Patrioten haben auch gewiss diesen Band längst ins Feuer geworfen und ausgerufen: Der Verfasser kann unmöglich ein Franzose sein.

*

Seit Langem schon ist es klar, dass die Musik keinen Geist, keine Gedanken ausdrücken kann … Die Musik malt nur die Leidenschaften und eigentlich nur die Leidenschaften des Gefühls.

Seit Mozart und Haydn malen die Orchestersätze, indessen der Gesang eine Leidenschaft ausdrückt, andere Gefühlsstimmungen, die sich, ich weiß nicht wie, in unserer Seele mit der Malerei der Hauptleidenschaft mischen. Meyerbeer, Winter, Weigl, Cherubini missbrauchen das Nebensächliche, weil sie an die Hauptsache nicht heranreichen. Aber trotz dieser Empfindung kann die Musik bis jetzt noch immer nicht ein Geistiges ausdrücken.

*

Die Musik gefällt, wenn sie am Abend die Seele in eine ähnliche Stimmung versetzt, wie es sonst die Liebe tut.

*

Was soll eine Musik, die nicht vor allem ein Glück fürs Ohr ist.

*

Der Grad von Entzücken, zu dem sie unsere Seele emporträgt, ist in der Musik der einzige Wertmesser.

*

Dem menschlichen Herzen verleidet leicht alles, was kein Geheimnis mehr birgt; der Vorteil der Musik besteht darin, dass sie vorübergehend ist wie die menschlichen Handlungen selber.

*

Die tiefe Menschenkenntnis ist nichts weniger als angenehm, sie ist ein vorzeitiges Greisentum: daher der Abscheu der Italiener vor der Charakterkomödie und ihre Leidenschaft für die Musik, die sie über diese Welt hinaushebt und im Reiche der süßen Illusionen schweifen lässt.

*

Eine berühmte Stimme, wie auch die berühmte weibliche Schönheit, findet sich nur im Verein mit einem kalten Herzen.

Über Theater

Eines Tages sagte Corvifart, des Kaisers Leibarzt, zu Talma, der nach Malmaison gekommen war, um sich vor seiner Abreise zu einer Tournee im Süden zu verabschieden: »Könnten Sie nicht irgendeinen Melodramenschauspieler auftreiben, der wie Sie schwarze Haare hätte und kurzsichtig wäre? Er müsste noch außerdem etwas Ähnlichkeit mit den schlechten Bildern besitzen, die man auf den Boulevards von Ihnen feilbietet.«

»Und was sollte ich mit ihm tun?«, sagte Talma, erstaunt über eine so lange Frage.

»Sie schickten ihn an Ihrer statt in die Provinz, und er würde mehr Erfolg haben als Sie.«

*

Das größte tragische Vergnügen, das ich von meiner Mailänder Zeit im Theater empfunden habe, verdankte ich Mouvel, den ich noch in der Rolle des Augustus in Cinna gesehen habe. Die übertriebene Geste Talmas und seine geschraubte Stimme streiften in meinem Gefühl bereits an die Komik und hinderten mich, diesen großen Schauspieler zu genießen. Lange nach Mouvel habe ich Kean in London gesehen, in »Othello« und »Richard III.«. Ich glaubte damals im Theater nie lebhafter empfinden zu können. Aber die schönste Tragödie Shakespeares macht auf mich nicht halb so viel Wirkung wie ein Ballett von Vigano. Das ist ein genialer Mann. Leider wird er seine Kunst mit sich fort nehmen. In Frankreich kennt man überhaupt nichts Ähnliches, und es wäre verwegen, eine Idee davon geben zu wollen; man würde sich immer etwas im Genre von Gardel vorstellen.

*

Neapel. Benefiz zugunsten Duports. Er tanzt zum letzten Mal, das ist ein Ereignis für Neapel.

Duport ist eine alte Bewunderung, der ich treu geblieben bin. Er macht mir Spaß wie eine junge Katze: Ich könnte ihn Stunden und Stunden tanzen sehen.

Heute Abend hielt das Publikum mit Mühe seine Klatschlust zurück. Der König selber gab das Beispiel. Ich hörte bis in meine Loge Seiner Majestät Stimme. Das Entzücken steigerte sich bis zur Wut und dauerte drei viertel Stunden.

Duport hat noch die ganze Leichtigkeit, die wir zu Paris im Figaro an ihm bewundert haben. Niemals fühlt man die Anstrengung, nach und nach wird sein Tanz lebhafter, und mit dem Überschwang und der äußersten Trunkenheit der Leidenschaft hört er auf. Er besitzt die ganze Stufenleiter der künstlerischen Ausdrucksfähigkeit. Ich habe nie ein Ähnliches beobachtet. Vestris, Taglioni, wie überhaupt die gewöhnlichen Tänzer, vermögen erstens nicht die Anstrengung zu verbergen; zweitens hat ihr Tanz keine Steigerung. Und so kommen sie bei Weitem nicht jener sinnlichen Lust nahe, die der Kunst oberster Zweck ist.

Die Frauen tanzen besser als die Männer.

Bewunderung und sinnliche Lust sind fast die einzige Wirkung dieser engbegrenzten Kunst. Durch den Reichtum der Dekorationen und die Neuheit der Gruppen soll das Auge bezaubert und die Seele in einen Zustand versetzt werden, in dem sie die Leidenschaften, die der Tanz ausdrückt, nachzufühlen vermag.

Den Kontrast der beiden Schulen, der italienischen und französischen, habe ich wohl bemerkt. Die Italiener nehmen die Überlegenheit der unsrigen ohne Schwierigkeit an, aber sie sind, ohne es zu ahnen, der Vollkommenheit der ihrigen viel zugänglicher. Duport kann heute Abend zufrieden sein: Man hat ihm reichlich Beifall gespendet. Aber die wirkliche Begeisterung hat doch der Marianne Conti gegolten. Ich hatte einen wohlerzogenen Franzosen neben mir, der, von Leidenschaft hingerissen, sogar das Wort an mich richtete. »Quelle indécence!«, sagte er alle Minuten.

Die Indezenz ist fast nur eine Konventionssache. Und der Tanz ist fast ausschließlich auf eine Stufe der Wollust gegründet, die man in Italien bewundert und die unsre Anschauungen verletzt. Mitten in den lebhaftesten Pas hat der Italiener nicht die kleinste Empfindung der Indezenz. Er hat vor der Vollendung im Tanz den gleichen reinen Kunstgenuss, wie wir vor den schönen Versen des Cinna ...

Was in Paris liebenswürdig ist, ist in Genf unpassend: das hängt von dem Grade der Prüderie ab, die der Ortsgeistliche einflößt. Die Jesuiten sind den schönen Künsten günstiger als die Methodisten.

Wo ist das Ideal des Tanzes? Bis jetzt gibt es keines. Diese Kunst ist zu abhängig vom Einfluss des Klimas und unsrer körperlichen Organisation. Das Ideal würde alle hundert Meilen wechseln müssen.

Die französische Schule hat nur die Vollkommenheit der Technik.

Den großen Mann dieser Kunst besitzt Neapel. Aber man verachtet ihn dort. Vigano gab *gli Zingari*. Die Neapolitaner meinten, er wollte sich über sie lustig machen. Dieses Ballett hat eine komische Wahrheit enthüllt, von der kein Mensch eine Ahnung hatte: nämlich, dass die Nationalsitten Neapels ganz genau die der Zigeuner sind. (Siehe die Novellen des Cervantes.) So belehrte Vigano die Gesetzgeber. Solchen Einfluss hat die Kunst. Und es ist wahrlich ein schöner Erfolg, eine Kunst, die dem Ausdruck so widerstrebt, gezwungen zu haben, nicht nur die Leidenschaften zu malen und zwar vortrefflich zu malen, sondern sogar die Sitten darzustellen, also nicht vorübergehende Zustände der Seele, sondern auch ihre stehenden Gewohnheiten, das Glück zu suchen.

Die Geschichte dieses Balletts war mir ein Licht und hat mich auf den richtigen Weg gebracht, dieses Land zu studieren.

Vigano hat die Ausdrucksfähigkeit seiner Kunst in jeder Richtung gesteigert. Vom Vergnügen der Neuheit hingerissen, schwamm die Seele während fünf Viertelstunden in Verzückungen; und obgleich man diese, aus Furcht lächerlich zu werden, nicht beschreiben kann, erinnert man sich ihrer noch nach Jahren. Es ist freilich notwendig, dass die mit den Erinnerungen des spanischen Theaters und der Castillianer Novellen erfüllte Fantasie des Zuschauers selbst alle Situationen entwickele; es ist auch notwendig, dass sie der Entwicklungen, die das Wort gibt, müde sei. Von der Musik bewegt, nimmt jede Fantasie ihren Flug und lässt diese Leute, die nie reden, auf ihre Weise sprechen. So bekommt das Ballett nach Vigano ein Tempo, wogegen Shakespeare lahm ist.

Und diese eigentümliche Kunstgattung wird vielleicht verloren gehen. Sie hatte ihre schönste Entwicklung in Mailand, in den glücklichen Tagen des Königreichs Italien. Es braucht dazu großer Mittel, und das arme Scala-Theater hat vielleicht nicht zwei oder drei Jahre zu leben. Der dortige Despot sucht nicht, wie Lorenzo Medici, die Ketten und die Dienstbarkeit der Geister durch Kunstgenüsse zu maskieren. Die Frömmigkeit hat die Spiele unterdrücken lassen, deren Einkünfte die Bühne am Leben erhielten.

Vielleicht wird sogar die Erinnerung an diese Kunst gänzlich verloren gehen und nur der Name zurückbleiben. Da Paris nie etwas davon gewusst hat, hat auch Europa sie nicht gekannt.

Ich habe nur drei oder vier Ballette von Vigano gesehen. Er hat eine Einbildungskraft in der Art Shakespeares, von dem er vielleicht nicht einmal den Namen weiß: Es ist ein ebenso großer Maler wie Musiker.

*

Welche wunderliche Tatsache, die d'Alembert und Diderot sehr in Erstaunen gesetzt hätte: Es ist ein Despot nötig, um Freiheit in der Komödie zu haben, wie es einen Hof braucht, um recht komische und recht deutliche Lächerlichkeiten zu besitzen. Mit andern Worten: Sowie es nicht mehr für jeden Stand ein vom König vorgesetztes Vorbild gibt, dem alle Welt folgen will, kann man dem Publikum keine Leute mehr zeigen, die, im besten Glauben dem guten Ton zu folgen, sich durch dessen Verfehlen lächerlich machen.

Zu Molières Zeit wagten es die Bürger, dem Lächerlichen zu trotzen. Louis XIV. verlangte, dass niemand ohne seine Erlaubnis nachdachte, und Molière war ihm nützlich. Er hat den Bürgern die Schüchternheit eingepfropft; aber seit sie die Macht des Lächerlichen übertreiben, hat die Komödie keine Freiheit mehr.

*

Ich mag eine Shakespeare'sche Tragödie lieber lesen, als dass ich sie dargestellt sehe. Wer zu lesen versteht, für den verliert das Theater an Interesse. Man sieht es in Paris: Die großen und gerechten Erfolge finden sich im Ambigu-Comique, an der Porte St. Martin, in den Räumen, die von Zuschauern angefüllt sind, die nicht lesen können.

Den Leuten, die lesen, ersetzen die Romane und Zeitungen zur Hälfte das Theater. Dieses war das Element der Gesellschaft vor sechzig Jahren, zur Zeit Collés, Diderots, Bachaumonts (siehe ihre Memoiren). Seitdem vollzieht sich eine große Veränderung aus mehreren Ursachen. Wenn man nur mit Fantasie begabt ist, so zieht man es vor, Andromaque zu lesen und dazu einen Moment zu wählen, wo der Geist sich seiner Herrschaft über die ihm anhaftende Materie bewusst ist.

Ich glaube, dass der dramatischen Kunst nur noch die Komödie, die lachen macht, übrig bleiben wird. Das kommt daher, dass das Lachen eben aus dem Unvorhergesehenen erfolgt und aus der jähen Vergleichung, die ich zwischen mir und einem andern ziehe.

Und dass meine Freude durch die des Nachbars vervierfacht wird.

In einer bis oben gefüllten Halle und einem einmal elektrisierten Publikum erneuern die *Lazzi* eines beliebten Schauspielers das Lachen in zwanzigfach so hohem Grad, als der wirklich komische Gehalt des Stückes bedingt. Regnards Komödien muss man also spielen sehen und nicht lesen.

*

A cette exception près le théâtre s'en va.

*

Die großen Theater sind ein Missbrauch der Zivilisation und nicht ihre Vollendung. Man muss dort allen Nuancen Gewalt antun, und so hört denn jede Nuance auf.

Über Frauenschönheit, Liebe, Ehe

So im Herumbummeln habe ich mir einen Begriff gebildet von der lombardischen Frauenschönheit, die eine der rührendsten ist und die kein großer Maler[1] durch seine Gemälde unsterblich gemacht hat, wie es z. B. Correggio für die Schönheit der Romagna und Andrea del Sarto[2] für die florentinische tat. Die florentinische Frauenschönheit zeigt zu viel männlichen Verstand an. Den Milaneserinnen kann man das nicht nachsagen. Sie sind ganz weiblich, obgleich sie dem Fremden, der von Berlin kommt, beim ersten Anblick sogar schrecklich erscheinen mögen und einem guten Franzosen, der aus den Pariser Salons weggelaufen ist, gewiss nicht geziert genug sind.

*

Die Männerköpfe auf dem Ball heute Nacht hätten einem Bildhauer prachtvolle Modelle gegeben. Aber ein Maler wäre weniger zufrieden gewesen. Diese Augen, die so schön und untadelig gezeichnet sind, wollten mir manchmal geistlos erscheinen. Das Stolze, das Geistvolle, das Pikante findet man darin selten.

Die Frauenköpfe, im Gegenteil, zeigen oft die allerleidenschaftlichste Feinheit mit seltenster Schönheit verbunden. Die Farbe der Haare und der Augenbrauen ist von prachtvoll dunklem Kastanienbraun. Diese Frauen sehen kalt und finster aus, bis eine seelische Bewegung sie aufregt. Man darf hier nicht die rosigen Farben der englischen Mädchen und Kinder suchen.

Doch war ich diesen Abend vielleicht der einzige, der das Düstere in dieser Art Schönheit beobachtete. Aus den Antworten der Frau G., einer der geistvollsten Frauen hier, habe ich entnommen, dass das lachende und eroberungslustige Aussehen, das man in Frankreich so oft auf Bällen findet, hier für eine Grimasse gelten würde. Man lachte hier sehr über einige Kaufmannsfrauen zweiter Ordnung, die sich glänzende Augen machten, um so auszusehen, als ob sie vergnügt wären. Ich glaube aber dennoch, dass die schönen Mailänderinnen jenes Aussehen

1 Stendhal vergisst hier Luini.
2 Wir würden heute andere nennen.

nicht verachten würden, wenn sie eben nur eine Viertelstunde auf dem Ball verweilen dürften. Der Ausdruck, den eine Frau ihrem Gesicht »gibt«, wird aber nach einigen Minuten notwendig zur Grimasse … Wenn ihr von keiner Leidenschaft bewegt seid, lasst eure Gesichtszüge in Ruhe, möchte ich allen Frauen zurufen. In solchen ruhigen Momenten war es, wo die schönen Züge der italienischen Frauen für mich, den Fremden, jenen düsteren und fast schrecklichen Ausdruck anzunehmen schienen. Der General Bubna, der in Frankreich war und hier für einen witzigen Kopf gilt, sagte heute Abend: Die Französinnen sehen unter sich einander an, die Italienerinnen die Männer.

*

Trotz der einförmigen Traurigkeit, die der quälerische und mürrische Stolz der englischen Ehemänner nötig macht, und trotz der Strenge des schrecklichen Gesetzes, das man *improper* nennt, ist die Schönheit der Engländerinnen weit mehr mit einem Ball und seiner Aufgabe in Übereinstimmung, als die Art Schönheit, die der Italienerin eigen ist. Eine Frische ohnegleichen und ein kindliches Lächeln beleben die schönen Züge der Engländerin, die nie Furcht einflößen und im Voraus zu versprechen scheinen, dass sie den Mann als unbedingten Herrn über sich anerkennen werden. Aber so viel Untertänigkeit lässt an die Möglichkeit der Langeweile denken, wogegen das Feuer der italienischen Augen von vornherein den leisesten Gedanken an diesen Erzfeind glücklicher Liebe tötet. Mir scheint, dass man in Italien, selbst bei einem bezahlten Fräulein, keine Langeweile zu fürchten braucht.

*

Draußen vor dem Tor von Livorno, wo ich viele Stunden zubringe, habe ich bei den Landfrauen sehr schöne Augen beobachtet. Aber es ist in diesen Gesichtern nichts zu finden von der süßen Sinnlichkeit und der Fähigkeit zur Leidenschaft, wodurch sich die lombardischen Frauen auszeichnen. Nie würdet ihr in Toskana eine starke Erregbarkeit finden, dagegen Geist, Stolz, Verstand und etwas fein Herausforderndes. Nichts ist reizvoller als der Blick dieser schönen Bäuerinnen. Aber diese lebhaften und durchdringenden Augen sehen aus, als ob sie euch lieber richten als lieben würden. Ich sehe darin immer nur einen hohen Grad von Verständigkeit, und niemals die Möglichkeit, aus Liebe

Torheiten zu begehen. Diese schönen Augen blitzen viel mehr vom Feuer des Widerspruchs als von dem der Leidenschaften.

*

Was würde ich darum geben, um dem Leser, der die Güte gehabt hat, mir bis hierher zu folgen, deutlich zu machen, was das eigentlich ist: die Ruhe des Antlitzes einer schönen Römerin! Ich bin fest überzeugt, dass ein Mensch, der aus Frankreich nicht herausgekommen ist, sich keinen Begriff davon machen kann. In Paris verrät sich der Weltbrauch und eine gewisse Neigung, Gefallen zu erregen, durch eine unmerkliche Bewegung der Augen und der Mundwinkel, die allmählich zur Gewohnheit wird.

Eine Römerin sieht sich das Gesicht des Mannes ein, der mit ihr spricht, wie man des Morgens, auf dem Lande, einen Berg ansieht. Sie würde sich für äußerst dumm halten, wenn sie Neigung zum Lächeln zeigte, ehe man etwas gesagt hat, was wert ist, dass sie lächelte. Diese völlige Unbewegtheit ihrer Züge macht das geringste Anzeichen von Teilnahme so schmeichelhaft. Ich habe auf dem Lande manchmal drei Tage hintereinander den Ausdruck der Züge einer jungen Römerin verfolgt. Sie blieben unbeweglich und nichts konnte sie aus diesem Ausdruck herausbringen. Sie deuteten keineswegs auf schlechte Laune, noch waren sie streng, noch hochmütig, noch irgend derartiges; sie waren einfach unbeweglich. Und der überlegenste Mann sagt sich: Welch ein Glück, ein solches Weib vor Liebe toll zu machen!

*

Niemals, weder in Italien noch anderswo, habe ich die schönen englischen Kinder angetroffen, diese Engel mit den feinen gelockten Haaren um ihre reizenden Gesichtchen, mit den langen, seidenweichen, nach außen hin leicht gehobenen Augenwimpern, die dem Blick einen fast göttlichen Ausdruck von Sanftheit und Unschuld geben, diese Wesen mit der blendenden durchsichtigen, reinen, bei der leisesten Erregung sich färbenden Haut; diese märchenhaften Erscheinungen, denen der Ausländer auf den englischen Landsitzen begegnet und die er vergeblich über die ganze Erde hin suchen wird. Ich zögere nicht zu sagen, dass Raphael, wenn er sechsjährige Kinder und junge sechzehnjährige Mädchen des schönen England gekannt hätte, das Schönheitsideal des

Nordens geschaffen hätte, das durch Unschuld und Zartheit rühren müsste, wie das des Südens durch das Feuer seiner Leidenschaften.

*

Ein körperlicher Zug der Franzosen, der einen Russen sehr entsetzt hat, ist die erschreckende Magerkeit der meisten Tänzerinnen unserer Oper. Wenn ich darüber nachdenke, finde ich allerdings, dass viele unserer Modedamen außerordentlich schlank sind. Und sie haben diesen Umstand in den Begriff der Schönheit übergehen lassen. In Italien meint man dagegen mit Recht, dass die erste Bedingnis der Schönheit die Gesundheit sei, ohne welche die Wollust unmöglich ist.

Mein Moskowite findet, dass die Schönheit unter den französischen Frauen am seltensten ist. Er versichert mir, dass die schönsten Gestalten, die er in Paris gesehen habe, Engländerinnen gewesen seien.

Wenn man sich die Mühe des Zählens nimmt, im *Bois de Boulogne* z. B., so sind von hundert Französinnen achtzig angenehm und kaum eine wirklich schön. Unter hundert englischen Frauen sind dreißig grotesk, vierzig entschieden hässlich, zwanzig leidlich, obgleich wenig anmutig, und zehn sind Göttinnen auf Erden durch die Frische und Unschuld ihrer Schönheit. Auf hundert Italienerinnen kommen dreißig Karrikaturen mit Schminke und Puder über Gesicht und Hals; fünfzig sind schön, aber ohne einen andern als sinnlichen Reiz. Die zwanzig übrigen sind von der entzückendsten antiken Schönheit, und tragen, meiner Meinung nach, den Sieg selbst über die schönsten Engländerinnen davon. Die schönste englische Schönheit erscheint kleinbürgerlich, seelenlos, leblos, neben den göttlichen Augen, die der Himmel Italien verliehen hat.

*

Die Schädelform ist hässlich in Paris; sie kommt der des Affen nahe, und das ist's, was die Frauen hindert, den ersten Angriffen des Alters Widerstand zu leisten. Die drei schönsten Frauen in Rom sind sicherlich fünfundvierzig Jahr alt. Paris liegt nördlicher, und doch ist dort nie ein solches Wunder beobachtet worden. Ich stelle meinem russischen General entgegen, dass Paris und die Champagne diejenigen Landschaften seien, wo die Kopfform allerdings die wenigst schöne ist. Die Frauen von Caux und die Arleserinnen nähern sich mehr den schönen

Formen Italiens. Hier aber ist immer ein grandioser Zug vorhanden, selbst bei den entschieden hässlichen Köpfen. Man sehe sich nur die alten Frauenköpfe an, von Leonardo da Vinci, von Raphael und andern. Aber alles in allem bleibt Frankreich doch das Land, wo es die meisten »hübschen« Frauen gibt.

Sie verführen durch die zarten Genüsse, die sie jeden Augenblick verheißen, z. B. durch die Art ihre Kleider zu tragen, und diese Genüsse können von den leidenschaftslosesten Männlein genossen werden. Vor der italienischen Schönheit fürchten sich die matten Seelen.

Was die Schönheit der Männer anbetrifft, so geben wir, nach den Italienern, den jungen Engländern, wenn sie das schwerfällige Aussehen vermeiden können, den Vorzug.

Ein junger italienischer Bauer, wenn er hässlich ist, ist erschreckend abstoßend, der französische Bauer nichtssagend, der englische roh.

*

Marseille. Heute habe ich wirklich unter den Leuten aus dem Volk eine Menge Gesichter getroffen, die die Feinheit des griechischen Profils besitzen.

Es gibt ja auch in Genf außerordentlich hübsche Frauen, aber nichts ist verschiedener wie die Schönheit dieser beiden Landschaften. Die Genfer Schönheit hat schwerfällige Konturen, besonders nach dem Kinn hin, sie spricht von einer guten und einfachen Seele. Die Schönheit von Marseille zeigt eine feine und entschlossene Seele an. Auf meinem heutigen Spaziergang habe ich wohl zwanzig Köpfe gefunden, die mich an die griechischen Bas-Reliefs auf Grabsteinen erinnerten.

*

Aber, wird mir irgendein Duclos sagen, Sie sehen überall Liebe.

Ich antworte: Ich habe Europa durchreist, von Neapel bis Moskau, mit allen originalen Geschichtsschreibern bei mir im Wagen.

Sobald man sich auf dem Forum langweilt, oder, um spazieren zu gehen, nicht mehr seine Armbrust mitzunehmen braucht, ist das einzige übrig bleibende Motiv der Tätigkeit die Liebe.

*

Die Nordländer haben vom Leben eine ernste, strenge, wenn man will tiefe Auffassung. In Rom, wo man vielleicht ebenso viel Geist besitzt wie in Edinburgh, betrachtet man das Leben auf eine andere Art. Man macht hier lebhaftere und leidenschaftlichere Ansprüche ans Dasein, Ansprüche voll starker und vielleicht etwas unordentlicher Sensationen. Im ersten Fall ist die Ehe und sind die Familienbande durch die feierlichste Unantastbarkeit gedeckt. In Rom betrachtet der Fürst Colonna oder irgendein andrer die Ehe als nichts weiter, denn als eine Institution, die den Zweck hat, die Stellung der Kinder und die Erbteilung zu regulieren.

Wenn ihr von einem Römer verlangt, er solle immer die nämliche Frau lieben, und wenn sie ein Engel wäre, so würde er dagegen ausrufen, dass ihr ihm drei Vierteile von dem raubtet, was das Leben lebenswert mache.

So ist also in Edinburgh die Familie die Hauptsache und in Rom ist sie nur nebensächlich. Wenn das System der Nordländer manchmal die Monotonie und die Langeweile erzeugt, die wir auf ihren Gesichtern lesen, so schafft es dafür oft auch ein stilles Glück für alle Tage. Was in meinen Augen wichtiger ist: Vielleicht hat das traurige System doch eine geheimnisvolle Analogie mit der Freiheit und allen Schätzen des Glücks, das sie über die Menschen ausgießt.

Das römische System erkennt nicht diese Menge kleiner Staaten an, die man Familien nennt. Dafür kann aber auch jeder das Glück suchen, wie er es versteht.

Wenn ich nicht fürchtete, in Stücke gerissen zu werden, würde ich hinzufügen, dass ich ein Land kenne, dessen Bewohner das Schlechte der beiden Systeme für ihren Gebrauch importiert haben.

Von den Klassen abgesehen, die mehr als zweihunderttausend Pfund Renten haben oder von sehr hoher Geburt sind, ist die Ehe in England fast unantastbar. In Italien dagegen kommt es bei einer Hochzeit keinem Menschen in den Sinn, an Unantastbarkeit und ewige Treue zu denken. Da der Ehemann das im Voraus weiß, da das eine bekannte und anerkannte Sache ist, so wird er sich nicht im Geringsten um das Benehmen seiner Frau kümmern, es sei denn, dass er selbst in sie verliebt wäre, wodurch er eben aus der Stellung des Ehemanns in die des Geliebten einrückte.

Nun gibt es aber ein drittes Land, wo die Ehe durchaus nichts weiter ist als ein Börsengeschäft. Die Verlobten sehen sich erst, wenn die beiden Notare über den Heiratskontrakt einig geworden sind. Aber die Ehemänner dieses Landes nehmen nichtsdestoweniger die ganze unbedingte Treue in Anspruch, die sich in den englischen Ehen findet und gleichzeitig alle Vergnügungen, die die italienische Gesellschaft bietet ...

*

In Rom gibt es keinen Zwang, keine Konventionsgrimassen, deren Wissenschaft man anderwärts weltmännische Formen heißt. Gefällt man einer Frau, so wird sie das selten verbergen. *Dite a ... che mi piace*, ist eine Redensart, die anzuwenden eine Römerin sich kein Gewissen macht. Wenn der Mann, der das Glück hat zu gefallen, das Gefühl teilt, das er einflößt, so sagt er: *Mi volete bene? Si. Quando ci vedremo?* Und auf solch einfache Weise knüpfen sich Neigungen an, die jahrelang bestehen.

*

Alles was in Europa mehr Eitelkeit und Geistreichigkeit als seelisches Feuer hat, nimmt die Denkungsweise der Franzosen an. Das konnten wir heute Abend wieder sehen. Die Art der schönen Römerinnen, zu lieben, ist der Mehrzahl der Fremden, unsrer Freunde, eine Sache, in der sie sich nicht auskennen. Hier in Rom gibt es keine Schöntuerei, keinen Zwang, keine von den herkömmlichen Formen, deren Kenntnis man anderwärts Weltgewandtheit oder sogar Tugend nennt.

*

»Wenn eine Italienerin«, sagte Frau T..., »eine Ahnung vom Lächerlichen hätte, so würde die Liebe sie doch daran hindern, es bei dem zu sehen, den sie lieb hat.«

Glückselige Unwissenheit! Ich zweifle nicht, dass sie die Quelle des Glücks ist in diesem Lande.

Eine Frau der Gesellschaft, deren Geliebter vor sechs Wochen gestorben und die traurig ist, und also aufgelegt über das Menschenlos nachzugrübeln, sagte mir heute Abend am Schluss einer langen Unterhaltung: »Eine Italienerin vergleicht ihren Liebsten nie mit einem Ideal.

Sobald sie vertraute Freunde sind, erzählt er ihr die wunderlichsten Dinge, die etwa seine Geschäfte, seine Gesundheit, seine Kleidung betreffen. Sie hütet sich, ihn sonderbar, wunderlich, lächerlich zu finden. Wie käme sie darauf? Sie behält ihn und sie hat ihn genommen, weil sie ihn liebte. Und die Idee, ihn mit einem Ideal zu vergleichen, erschiene ihr ebenso närrisch als die, zu sehen, ob der Nachbar lacht, um zu wissen, ob sie sich amüsiert. Seine Wunderlichkeiten gefallen ihr, und, wenn sie ihn ansieht, so geschieht es nur, um in seinen Augen zu lesen, wie sehr er sie in diesem Augenblick liebt.« Ich erinnere mich, sagte ich, wie eine Französin vor einem Jahre schrieb: »Ich fürchte bei meinem Geliebten nichts so sehr wie das Lächerliche.«

Acht oder zehn Jahre sind die durchschnittliche Zeitdauer der Liebe in diesem Lande. Eine Leidenschaft, die nur ein oder zwei Jahre anhält, macht die Frau als eine schwächliche Seele verächtlich, die ihres eigenen Willens nicht sicher ist. Die vollständige Gegenseitigkeit der Pflichten, die zwischen dem Liebhaber und seiner Geliebten besteht, trägt nicht wenig zur Beständigkeit bei ...

*

Seit dreißig Jahren ist in Italien kein Liebesroman erschienen. Es scheint, dass der von einer Leidenschaft vollständig eingenommene Mensch selbst für die liebenswürdigste Schilderung dieser Leidenschaft nicht empfänglich ist.

*

Bei Melito. 28. Mai. Einige Monate sind's, dass eine hiesige verheiratete Frau, ebenso bekannt wegen ihrer glühenden Frömmigkeit wie wegen ihrer seltenen Schönheit, die Schwäche beging, ihrem Geliebten in einem Bergwald, zwei Meilen vom Dorf entfernt, ein Rendez-vous zu geben. Der Liebhaber war glücklich. Aber nach diesem ersten Augenblick der Berauschtheit bedrückte die Ungeheuerlichkeit ihres Fehltritts die Seele der Schuldigen: Sie blieb in finsteres Schweigen versunken. »Warum bist du so kalt?«, fragte der Liebhaber. »Ich dachte daran, wie wir uns morgen wieder sehen könnten. Diese einsame Hütte im Wald ist der passendste Ort.« Der Liebhaber entfernt sich. Die Unselige kam nicht ins Dorf zurück, sie brachte die Nacht im Walde zu und beschäftigte sich damit, wie sie gestanden hat, zu beten und zwei

Gräber zu graben. Der Tag erscheint und bald auch der Liebhaber. Aber statt der Liebe empfängt er den Tod von den Händen der geliebten Frau. Das unglückselige Opfer der Gewissensbisse begräbt ihren Liebhaber mit der größten Sorgfalt, dann kommt sie ins Dorf, beichtet dem Geistlichen und umarmt ihre Kinder. Abends kehrt sie in den Wald zurück, wo man sie bald tot findet, ausgestreckt in ihrem Grabe neben dem des Geliebten.

*

Von Properz gibt es zwei Verse, die ich zu zitieren vergesse habe, als ich von der italienischen Liebe sprach:

> Heu! Male nunc artes miseras haec saecula tractant;
> Jam tener assuevit munera velle puer.

Aber in welchem Lande könnte man sie nicht wiederholen! Die sinnliche Liebe führt immer zu dieser grausamen Wahrheit. Die große Liebe entfernt davon. Für italienische Damen braucht es zwei oder drei Jahre, bis sie bemerken, dass ein sehr schöner Bursch nichts als ein Esel ist; in Paris dagegen können zwei oder drei Jahre hingehen, bis ein geistreicher Mann, der sich schlecht anzieht und linkisch benimmt, nicht mehr für einen Dummkopf gilt.

*

Die Liebe ist in Frankreich nicht mehr Mode, und man widmet heutzutage den Frauen kaum mehr als eine Höflichkeitsachtung. Wer sich anders als durch die Vermittlung des Notars seiner Familie verheiratet, gilt für einen Dummkopf oder wenigstens für einen Toren, den man bedauern muss, und der dich wahrscheinlich bitten wird, ihm hundert Goldstücke zu leihen, wenn er aus seiner Verrücktheit aufwacht.

*

A Paris, le véritable amour ne descend guère plus bas que le cinquième étage, d'où quelquefois il se jette par la fenêtre.

*

Es hat vielleicht keine Frau Mailands die Schlagfertigkeit, die die Prinzessin Lambertini auszeichnete; aber mehrere haben ihre Geliebten glücklicher zu machen gewusst. Dieses Talent aber, mögen unsre philosophischen oder mystischen Frauen es mir verzeihen, dieses Talent ist, in den Grenzen der Tugend gehalten, der höchste Gradmesser für das weibliche Verdienst.

*

Das Prinzip der französischen Liebe besteht darin, sich dem anzuschließen, was Gleichgültigkeit zeigt, dem zu folgen, was sich entfernt. Das Gegenteil beobachtet man in Italien. Ein Anschein von Kälte, die Ungewissheit über den hervorgebrachten Eindruck, macht dort jenen Wahnsinnsakt unmöglich, der der Anfang der Liebe ist, und der darin besteht, den Gegenstand seiner Liebe mit allen Vollkommenheiten zu bekleiden.

*

Im Altertum hat die Liebe viele historische Taten vollbracht, aber wenig Selbstmorde aus Melancholie. Der Mensch, der geneigt ist, seinen Feind zu töten, tötet sich nicht selbst, das hieße vor einem andern zurückweichen.

*

Ich glaube nicht, dass der eifrigste Altertumsforscher leugnen könnte, dass die Liebe, so wie wir sie heute empfinden, nicht eine rein moderne Sache sei. Sie ist eine der merkwürdigsten und unerwartetsten Früchte der Vervollkommnung der Gesellschaft.

*

Die moderne Liebe, die, gleich dem Manschenillenbaum, durch die Schönheit wie durch das tödliche Gift ihrer Früchte einen so unheimlichen Reiz ausübt, gelangt zu ihrer höchsten Pracht unter den vergoldeten Fetzen der Höfe. Die äußerste Muße, das Studium des menschlichen Herzens, die grausige Einsamkeit mitten in einer Wüste von Menschen, die geschmeichelte oder aus unbemerkbaren Ursache verzweifelte Eigenliebe lassen sie hier in ihrem feinsten Zauber erscheinen. Der Grieche kannte diese Gefühle nicht. Ohne Muße keine Liebe.

*

Ein Mensch, der nicht die Torheiten der Liebe durchgemacht hat, hat so wenig eine Ahnung von den Todesängsten, die ein leidenschaftliches Herz brechen, als man eine Ahnung vom Mond hat, ohne ihn mit dem Herschel'schen Teleskop gesehen zu haben.

*

Ist nicht die bequemste Zerstreuung für einen Menschen, den zärtliche Leidenschaften unglücklich gemacht haben, gerade diejenige, die ihm zufließt aus der Erinnerung eben dieser Leidenschaften?

*

Die Scham, die Mutter der Liebe, ist eine Frucht des Christentums.

*

Auf dem Largo di Castello habe ich ein Buch gekauft, dicht neben jenem sonderbaren, in einen Keller hineingebauten Theater, in das man durch den dritten Rang eintritt. Mein Buch trägt den Titel: »Della Sugeriorità in ognicosa del sesso amabilissimo etc. 1504«.

Wenn man die Geschichte der Frauen ein wenig studiert hat, so weiß man, dass Franz I. sie 1515 an den Hof berief. Vor diesem Zeitraum glich das Schloss jedes Edelmanns dem Hauptquartier eines Despoten, der gehorsame Sklaven und keine Freunde haben will. Sein Weib war nichts als eine Sklavin. Er hatte bei ihr das Recht über Leben und Tod. Wenn sie erdolcht wurde, so galt dies Ereignis als die Strafe für verratene Treue. Der Dolchstoß war vielleicht die Wirkung eines Wutanfalls bei einem auf seine moralische Überlegenheit eifersüchtigen Wilden. Oder der Tod der Schlossfrau war nötig, um eine andere Frau zu gewinnen, die man nur haben konnte, wenn man sie heiratete.

An den galanten Höfen Franz I. und Heinrich II. waren die Frauen ihren Männern der Intrige wegen nützlich. Ihre Stellung machte reißende Fortschritte nach der Seite der Gleichheit hin und zwar in dem Maße, als sich die Furcht Gottes in den Herzen verringerte. Während des sechzehnten Jahrhunderts waren die Frauen in Frankreich nur Dienerinnen, in Italien ist gleichzeitig »die Superiorität des schwachen Geschlechts über die Männer« eines der häufigsten behandelten Themata der Modeliteratur. Die Italiener, die der großen Liebe fähiger sind und zugleich weniger roh, weniger Anbeter der physischen Kraft, weniger kriegerisch, feudalistisch, erkannten dies Prinzip williger an.

Da die Ideen der Frauen nicht auf Bücher gegründet waren, denn glücklicherweise lasen sie wenig, sondern direkt aus der Natur der Dinge stammten, so führte diese Gleichbehandlung der Geschlechter eine erstaunliche Menge gesunden Verstand in die italienischen Köpfe ein. Mir sind hundert Regeln des Betragens bekannt, die man anderswo noch zu beweisen genötigt ist, und die in Rom wie Axiome angerufen werden.

Die Aufnahme der Frauen in die vollständige Gleichheit wäre das sicherste Zeichen der Zivilisation. Sie würde die intellektuellen Fähigkeiten des menschlichen Geschlechtes und die Möglichkeiten seines Glückes verdoppeln. In den Vereinigten Staaten Amerikas sind die Frauen der Gleichberechtigung viel näher als in England. Sie besitzen in Amerika gesetzlich, was ihnen in Frankreich die Milde der Sitten und die Furcht vor dem Lächerlichen zufallen lässt. In einer kleinen Stadt Englands ist ein Kaufmann, der mit seinem Handel tausend Taler verdient, Herr seiner Frau wie seines Pferdes. In demselben Stande in Italien stehen die Achtung, die Freiheit, das Glück einer Frau im Verhältnis zu dem Grad ihrer Schönheit.

Um die Gleichheit ganz zu erreichen, die die Quelle des Glücks beider Geschlechter wäre, müsste den Frauen das Duell gestattet werden: Die Pistole erfordert nur Geschicklichkeit. So könnte jede Frau, die sich zwei Jahre lang zur Gefangenen macht, nach dem Verfluss dieses Zeitraumes die Scheidung erlangen. Gegen das Jahr 2000 hin werden diese Ideen nicht mehr lächerlich sein!

Über Religion

Die Geschichte der Christenverfolgungen und der Märtyrer ist von Gibbon geschrieben worden. Dieser Historiker sagt zweifelsohne alles was er für wahr hält, aber er verabscheut die Einzelheiten, die das neunzehnte Jahrhundert mit Recht so gern hat. Hier eine Anekdote:

Die heilige Perpetua wurde ihres Glaubens wegen im Jahr 204 unter der Regierung des Severus hingerichtet, wahrscheinlich in Karthago. Sie war nur zweiundzwanzig Jahre alt; und bis zum Vorabend ihres Martyriums schrieb sie Tag für Tag selbst auf, was sich in ihrem Gefängnis mit ihr, ihrer Gefährtin, der heiligen Felicitas und mehreren andern Christen zutrug, die mit den zwei Jungfrauen den Tod erlitten. Die naive Erzählung der Perpetua ist sehr rührend. Man erkennt daraus, dass für den Glauben zu leiden, um 204 in Afrika Mode war; geradeso wie fröhlich zu sterben, ohne sozusagen an den Tod zu denken, in dem Kerker Mode war, aus dem hervor Madame Roland das Schafott bestieg.

*

Die Päpste haben der Liebe für das Schöne eine unendliche Verbreitung dadurch gegeben, dass sie die Furcht vor der Hölle damit in Beziehung brachten. Bei reichen Greisen war diese Furcht entscheidend. In zarteren Seelen setzte sie sich um in die Liebe zur Madonna. Sie suhlten sich zärtlich hingezogen zu dieser unglücklichen Mutter, der Mutter aller Schmerzen, aber auch der Mutter aller Tröstungen. Sechsundzwanzig Kirchen sind ihr in Rom gewidmet.

*

Geruhe, o Leser, das eine zu bedenken: Nicht ein Viertel der großen Meisterwerke der Kunst besäßen wir, wenn nicht zuerst die Frömmigkeit und dann die Eitelkeit das Geld dazu gegeben hätten.

*

Die Decke der Peterskirche blitzt von Gold wie die Galerie von Compiègne; es sind Rosen und Kassetten aus vergoldetem Stuck. Über dem großen Bogen, die das Hauptschiff mit den Seitenschiffen verbinden, beobachtet man eine große Anzahl Statuen, in welchen man nach der griechischen Schönheit gestrebt hat, nach einer Schönheit, die dem sechzehnten Jahrhundert gefallen konnte, die den Ausdruck der Kraft mit dem der Sinnlichkeit vereinigte.

Der Mensch mit vorherrschender Fantasie, der des Trostes bedürftig ist, wird sich immer gern mit seinem Gott unterhalten, und je nach seinem Temperament und Charakter werden ihn die gewaltigen Gewölbe der Peterskirche zu Rom oder das halbverfallene gotische Kirchlein seines Dorfes mehr zur Andacht stimmen. Das tiefere religiöse Gefühl wird von der Pracht verletzt; sein Lieblingsheiligtum ist die verlassene Kapelle im tiefen Wald, wohin sich kaum das fern-leise Geläut wieder einer andern Kirche verirrt. Und zuckende Blitze und rollender Donner oder ein Regenschauer, der an die blinden Scheiben klatscht, werden seiner Andacht förderlicher sein, als blauer Himmel und goldner Sonnenschein.

Wir Menschen des Nordens finden in den Kirchen Roms kaum die eigentliche religiöse Erhebung: Sie sind uns zu schön. Diese Architektur, die Bramante von den Griechen gelernt hat, ist für uns der Ausdruck weltlicher Feste.

*

Diese reich vergoldete Wandbekleidung macht aus St. Peter die Kapelle eines großen Herrschers, dessen Macht sich auf die Religion gründet, und nicht eine christliche Kirche. Die Peterskirche passte vortrefflich zu dem eleganten Hofe eines Papstes, der ein geistvoller Mann war, wie Leo X. Und die frömmsten Päpste, die seitdem daran arbeiten ließen, haben ihr den Charakter einer höfischen und weltlichen Schönheit nicht verkümmern können. In St. Peter ist das Gebet nicht der Aufschwung des Herzens zu einem schrecklichen Richter, den es um jeden Preis zu versöhnen gilt, es ist eine Zeremonie, die man einem guten und über viele Dinge hinwegsehenden Wesen schuldet.

Wir sind zum bronzenen St. Peter zurückgekehrt, der rechts im großen Schiff aufgestellt ist. Diese steife Statue war ein Jupiter; jetzt ist es ein heiliger Petrus. Sie hat an persönlicher Sittlichkeit gewonnen, aber seine Anbeter wiegen die Jupiters nicht auf. Das Altertum hatte keine Inquisition und keine Bartholomäusnacht, aber auch keine puritanische Tristheit.

Da wir ganz nah bei der Kirche von *Santa Maria degli Angeli* waren, sind wir eingetreten.

Rom zählt sechsundzwanzig Kirchen, die jenem erhabenen Wesen, der schönsten Erfindung der christlichen Kultur geweiht sind. In Loretto ist die Madonna göttlicher als Gott selbst. Die menschliche Schwachheit hat das Bedürfnis zu lieben, und welche Gottheit war wohl jemals der Liebe würdiger?

*

Die Bewohner der Berge zwischen Rom, dem See von Fucino, Aquila und Ascoli, stellen meiner Ansicht nach recht gut den sittlichen Zustand Italiens um 1400 dar. In ihren Augen geschieht nichts ohne Wunder; das ist das katholische Prinzip auf seinem Gipfel.

*

Wenn man die Sitten und den Glauben des dreizehnten und vierzehnten Jahrhunderts in alle Einzelheiten verfolgte, so würde man das Warum vieler lächerlichen Dinge in den Bildern der großen Meister entdecken. Die christliche Religion ließ damals allen Leidenschaften Spielraum, und verlangte nur das eine: dass man an sie glaubte.

*

Wir haben nicht die geringste Idee mehr vom Christentum im ersten Jahrhunderte. Von Paulus, diesem Moses der Christenheit, bis auf Leo XIII. (Leo XII.) gleicht die christliche Religion einem großen Strom, der, je nach den Hindernissen, die sich ihm entgegenstemmen, alle zwei oder drei Jahrhunderte seine Richtung gänzlich ändert.

Z. B. die gegenwärtige Religion. Man hält sie für alt. In Wahrheit ist sie das Werk der Päpste seit dem Tridentinischen Konzil. Aber Leute, denen die Religion seine Karossen neuester Konstruktion oder die Befriedigung ihrer Machtgelüste verschafft, möchten uns diese Dinge natürlich anders darstellen. Siehe das Leben des heiligen Karl Borromäus, der nicht nach Karossen trachtete.

*

Die Dummen, die nur wissen, was in ebenso dummen Büchern steht, glauben, in Frankreich und in Italien herrsche dasselbe Christentum.

In Europa gibt es so viele Religionen als es Staaten gibt.

*

Neapel. Das Volk hier hat zweierlei Glauben, den an die Riten der christlichen Religion, und den an die *jetatura* (die Handlung, dem Nächsten etwas Böses anzuwerfen, indem man ihn von der Seite ansieht). Eine gewisse Sache, die Rechtspflege und Regierung heißt, wird als eine Unbequemlichkeit angesehen, die man alle acht oder zehn Jahre einmal wegräumt und die man übrigens umgehen kann.

Der Zufall hat mich diesen Morgen zu Don Nardo geführt, dem berühmtesten Advokaten Neapels. In seinem Wartezimmer sah ich ein ungeheures Stierhorn, das etwa zehn Fuß hoch sein mochte und aus dem Fußboden wie ein Nagel herausragte. Ich vermute, dass es aus drei oder vier Stierhörnern hergestellt ist. Das ist ein Blitzableiter gegen die *jetatura* (gegen den bösen Blick). »Ich fühle das Lächerliche dieses Aberglaubens«, sagte Don Nardo, als er mich hinausbegleitete, »aber was vollen Sie? Ein Advokat hat das Schicksal, sich Feinde zu machen, und dieses Horn gibt mir Sicherheit.«

Was noch besser ist, es gibt Leute, die selber glauben, die Macht des bösen Blickes zu besitzen. Der Herzog von Bisagno, der große Dichter, geht auf der Straße. Ein Bauer, der auf seinem Kopfe einen großen Korb Erdbeeren trägt, lässt ihn fallen, sodass die Beeren auf das Pflaster rollen. Der Herzog läuft zu dem Bauer: »Mein guter Freund«, sagt er zu ihm, »ich versichere dir, dass ich dich nicht angesehen habe.«

*

Ich machte mich heute Abend einem außerordentlich verdienstvollen Mann gegenüber über die *jetatura* lustig: »Sie haben wahrscheinlich das Buch von Nicolas Volitta nicht gelesen«, sagte er; »Cäsar, Cicero, Virgil glaubten an den bösen Blick, und diese Männer waren wohl mehr wert als wir.«

*

Die hübschesten Frauen hier nehmen ihren Hut herunter, damit der Priester das Reliquienkästchen auf ihre Stirn drücken kann, das das heilige Blut enthält.

Wir haben eine der Liebenswürdigsten Tränen vergießen sehen im Augenblick, wo sie diesen Schrein küsste. Und einen Monat früher hatte sie sich alle erdenkliche Mühe gegeben, um aus Marseille ein Exemplar von Voltaire kommen zu lassen. Dieses in Neapel einzuführen war keine geringe Sache gewesen.

Eines Abends hörten wir unter den Fenstern dieser Dame Knallerbsen, die die Kinder auf die Straße warfen, zu Ehren eines Heiligen, dessen Fest grade gefeiert wurde. Es gab große Illumination und großen Volkszulauf in der benachbarten Kirche, die den Namen jenes Heiligen trug. Die Dame sagte diesem viel Übles nach. Einige Franzosen, die geholfen hatten, das Exemplar von Voltaire an Land zu bringen, sahen in diesen Witzeleien die Wirkung der Voltaire'schen Lehren. Sie fingen an, sich über die Wunder lustig zu machen. Aber da kamen sie übel an. Die schöne Napolitanerin mockierte sich über den benachbarten Heiligen nur aus Eifersucht. Sie nannte sich Xaveria und verehrte den heiligen Xaver als ihren Schutzpatron, dessen Fest man ein paar Tage früher weit weniger glänzend gefeiert hatte ...

*

Im Jahre 1824 habe ich der Heiligsprechung St. Julians beigewohnt. Der neue Heilige war infolge eines reizenden Wunders zu dieser Würde erhoben worden. Eines Tages, es war ein Freitag, kommt er zu einem reichen Feinschmecker und sieht gebratene Lerchen auf dem Tisch. Mit einer Bewegung der Hand gibt er den Vögeln das Leben wieder, sie fliegen durch das Fenster davon, und die Sünde wird dadurch unmöglich.

*

Die Freiheit des Denkens dauerte in Italien bis zu Paul IV., der Großinquisitor gewesen war (1555). Dieser Papst erkannte die Gefahr, die dem Katholizismus vom Luthertum drohte.

*

Die Druiden verdankten ihre Macht zum größten Teil dem Glauben, dass im Tode die Seele bloß den Körper wechselt. Aristoteles dagegen glaubte an die Sterblichkeit der Seele.

Die Kelten und Germanen waren demnach für den christlichen Kult besser vorbereitet, als die Griechen und die Römer. Die Gewohnheit, mit ehrfürchtiger Scheu den Druiden zu gehorchen, bereitete unsre Vorfahren dazu vor, auch den Bischöfen Gehorsam entgegenzubringen. Der Fluch der Priester war derselbe: Exkommunikation, Ausschließung aus der Gemeinde.

*

Gestern sagte mir jemand: »Es ist schade, dass Franz I. Frankreich nicht protestantisch gemacht hat.«

Ich habe den philosophischen Lehrjungen sehr verblüfft, indem ich ihm antwortete: »Das wäre für die Welt ein großes Unglück gewesen. Wir wären traurig und verständig wie die Genfer geworden. Keine *Lettres persanes*, kein Voltaire, besonders kein Beaumarchais. Haben Sie über den Grad des Glückes einer Nation nachgedacht, bei dem die Memoiren von Beaumarchais alle Aufmerksamkeit zu konzentrieren vermögen? Das ist vielleicht doch mehr wert als der Reverend M. Irving, wenn er seine Uhr zum Pfande setzt. Es gibt im Leben so viele Krankheiten und Traurigkeiten, dass das Lachen in Wahrheit nicht vernünftig ist. Die Jesuiten mit ihren weiten Ärmeln, die Ablässe, die Religion wie sie in Italien um 1650 bestand, sind für die Künste und das Glück wertvoller, als der verständigste Protestantismus. Je verständiger er ist, je mehr tötet er die Künste und alle Fröhlichkeit.«

*

Die Jesuiten haben in unserer Zeit die Religion ungefähr wieder so hergestellt, wie sie vor Luther war. Sie sagen ihren Schülern im Kollegium zu Modena: »Tut was ihr mögt, und kommt dann und erzählt es uns.«

Wie weit ist es von dieser bequemen Religion, die sich damit begnügt, ein Bekenntnis der Sünden einzufordern, zu dem düsteren Glauben des Londoner Bürgers, der sonntags nicht spazieren geht, weil er damit Gott zu beleidigen fürchtet! Man sehe die Predigten Irvings, um den sich allsonntäglich die beste Gesellschaft drängt.

Ich ging eines Sonntagmorgens in Glasgow mit dem Bankier, an den ich empfohlen war, zur Kirche. Er sagte zu mir: »Lassen Sie uns nicht so rasch gehen, wir könnten aussehen, als ob wir spazieren gingen.« Sein Kredit wäre durch diese Sünde verringert worden.

In Amerika nötigt man sonntags den Reisenden, der in der Post fährt, auszusteigen. Man will ihn auch ohne seinen Willen retten: Reisen ist Arbeiten. Dem Postillion, der für das Geldinteresse vieler arbeitet, erlaubt man die Sünde; aber dem Reisenden, der nur um sein persönliches zeitliches Interesse in die Verdammnis rennt, tut man Einhalt. Man ist in Rom unmoralischer, aber man ist nicht so albern. Wir stehen hier den äußersten Gegensätzen beider Religionen gegenüber. Und wie seltsam berührt in diesem Verhältnis der andere politische Gegensatz: Auf der einen Seite die reinste Freiheit, auf der andern der völligste Despotismus.

*

Ich werde mir etwas Ungeheuerliches gestatten. Wenn ihr eine Dame seid, so geruht, sechs Seiten zu überschlagen, und wer ihr auch sein mögt, glaubt mir, dass ich meinen Gedanken so viel als möglich abschwäche, weit entfernt davon, ihn verletzend und beleidigend für den zu gestalten, der etwa anders als ich denkt. In Genf sagt man der George Sand Injurien; ich sage niemand Injurien.

Der Gesetzgeber von Genf ist offenbar Calvin. Ich sah eben das kleine Fenster über einer Durchgangswölbung, von dem aus er seinem Volke ein oder zwei Mal die Woche predigte.

Ich füge hinzu, dass ich Calvin sehr hoch schätze. Ganz gewiss war er mehr wert, als die römischen Priester seiner Zeit. Vor allem ist er, ohne das Gelübde der Armut getan zu haben, arm gestorben und hat immer arm gelebt. Er hat ein verständiges und sittliches Volk gebildet, das nach drei Jahrhunderten noch den Abdruck seines individuellen Charakters trägt.

Mir scheint, das für Genf Unterscheidende ist, dass die beiden Geschlechter sich so wenig wie möglich sehen. Da sehne ich mich nach den braven Jesuiten, die euch lehren: »Überlasst euch euren Leidenschaften, seid jung, tut wozu euch die Jugend treibt, und kommt dann und erzählt mir eure kleinen Missetaten. Wenn ihr im Staat einige Gewalt ausübt, lasst euch von mir leiten und rechnet daraus, dass euch gewisslich die ewige Glückseligkeit und alle Freuden dieser Welt zufallen werden. Glaubt außerdem, dass ich euch gern kleine Gegendienste zu leisten bereit bin.« Gebt aber zu, dass diese wundervolle jesuitische Religion einen Fehler hat, nämlich den, der Pressfreiheit und der Zweikammerregierung feindlich zu sein. Ich nach meinem Geschmack, würde ja lieber unter einer Monarchie leben, wie sie unter der Regentschaft des Herzogs von Orléans um 1720 existierte. Doch die Zeit lässt sich nicht zurückschrauben.

*

Wegen der Höhe des Kapitolinischen Hügels und der Anordnung der Straßen ist es um das Kollegium und die Kirche der Jesuiten herum fast immer windig. Eines Tages, so erzählt das Volk, ging der Teufel in Rom mit dem Winde spazieren. Als sie zu der Kirche *del Gesù* kamen, sagte der Teufel zum Wind: »Ich habe dadrin etwas zu tun, warte hier ein wenig.« Seitdem ist der Teufel nicht wieder herausgekommen und der Wind wartet noch immer an der Kirchentür.

*

Nichts ist für eine Religion oder für ein System unheilvoller, als vom Gendarmen beschützt zu werden.

Moralisches, Psychologisches, Politisches

Welche Torheit von dem zu sprechen, was man liebt! Was gewinnt man dabei? Das Vergnügen, selbst einen Augenblick bewegt zu werden durch den Widerschein der Seelenbewegung in andern. Aber ein Dummkopf, den es ärgert, dass du allein sprichst, wirft etwa ein Witzwort hin, das dir deine Erinnerungen beschmutzen wird. Daher kommt vielleicht die Keuschheit der wahren Leidenschaft, die die gemeinen Seelen nachzuahmen vergessen, wenn sie die Leidenschaft spielen wollen.

Wird die Geduld des Lesers so weit gehen, mir einen gastronomischen Vergleich durchzulassen? Man kennt den Vers von Berchoux:

»Et le turbot fut mis à la sauce piquante.«

In Paris serviert man die Flunder und die pikante Soße getrennt. Ich wünschte, dass die deutschen Geschichtsschreiber sich mit dieser schönen Sitte befreundeten und dass sie die Tatsachen, die sie entdeckt haben, und ihre philosophischen Reflexionen dem Publikum in besonderen Schüsseln auftischten. Man könnte dann aus ihrer Geschichtsschreibung Nutzen ziehen und das Lesen der Gedanken über das Absolute für gelegenere Zeit aufschieben. In dem Zustande vollständiger Mischung, worin uns diese beiden guten Sachen geboten werden, ist es schwierig, die bessere zu genießen.

*

Wir hatten Burgunderweine von acht oder zehn verschiedenen Sorten. Man kann sie Blumensträußen vergleichen. Im Verein mit einer interessanten Unterhaltung aber – das ist ein *sine qua non* – erhöhen sie die Entrücktheit des Augenblicks. Sie machen den Menschen für einige Stunden gut und fröhlich. Und es ist eine Dummheit von uns, die wir so selten gut, so selten fröhlich sind, die Wunder der heiligen Flasche zu vernachlässigen.

*

Die Männer, die ich auf den Straßen bei Dijon treffe, sind klein, mager, lebhaft, farbig; man sieht, dass der gute Wein alle diese Temperamente beherrscht. Um aber ein außergewöhnlicher Mensch zu sein, ist es mit einem logischen Kopf nicht genug, es ist auch ein gewisses feuriges Temperament nötig.

*

Genf, den ... 1837.

Ein vornehmes Haus hat mit vielen Kosten von England eine ernste Köchin kommen lassen. Glaubt aber nicht, dass es sich um eine Köchin handle, die die Kochkunst nicht leicht nimmt: Was bedeuten gastromische Genüsse einer Familie, die es unternimmt, in Europa die großen monarchischen und religiösen Interessen wiederherzustellen? Es handelt sich um eine Köchin, die niemals lacht. Wirst du, o wohlwollender Leser, das glauben?

*

Man versteht in dem hiesigen schönen Lande diejenigen Wahrheiten besser, die mit der Sozialökonomie zusammenhängen, als die, welche die Analyse des menschlichen Herzens und die Literatur angehen.

*

Ich möchte wissen, welcher Reisende es zuerst ausgesprochen, dass in der Schweiz Freiheit sei.

*

Les peuples sont inintelligibles les uns pour les autres.

*

Man kann in Cosenza oder in Pizzo gut und brav sein, und doch seinen Feind ermorden lassen. Zur Zeit der Guisen dachte man in Paris ebenso. Und es ist nicht fünfzig Jahre her, da war es in Neapel, wenn man sich in gewissen Fällen nicht durch einen Mord rächte, dieselbe Schande, wie wenn man in Paris eine Ohrfeige hinnimmt, ohne dafür Genugtuung zu fordern.

*

Im Mittelalter gab, wie in unsern Tagen, die Stärke allein Gesetze. Aber heutzutage sucht die Macht ihren Handlungen wenigstens einen Anschein von Gerechtigkeit zu geben. Vor tausend Jahren existierte der Begriff der Gerechtigkeit vielleicht im Kopfe eines etwaigen mächtigen Barons, der, während langer Wintertage in sein Schloss gesperrt, aufs Nachdenken verfiel. Der gemeine Haufen, auf den Tierzustand beschränkt, dachte nur daran, sich die zum Leben notwendigen Mittel herbeizuschaffen. Die Päpste, deren Macht auf der Herrschaft von Ideen beruhte, hatten darum, mitten unter entwürdigten Wilden, die allerschwerste Rolle zu spielen. Da es galt, entweder unterzugehen oder geschickt zu sein, gebar sich bei ihnen, wie überall, das Talent aus der Notwendigkeit. Und so wurden mehrere Päpste des Mittelalters außergewöhnliche Menschen.

Man wird mich richtig dahin verstehen, dass es sich hier nicht um die Religion handelt, noch weniger um die Moral. Diese Männer haben es, ohne physische Gewalt, verstanden, über wilde Tiere zu herrschen, die nichts als die Herrschaft der Gewalt kannten: das ist ihre Größe.

*

Glücklich die großen Männer, deren Gedächtnis den herrschenden Gewalten einen leidenschaftlichen Hass einflößt! Ihr Ruhm wird deshalb einige Jahrhunderte länger dauern. Seht Machiavelli: Die Bösewichter, denen er die Maske abgezogen, stempeln ihn zum Ungeheuer.

*

Die Nachbarschaft des Meeres lässt keine Kleinlichkeit aufkommen. Jeder Mensch, der auf der See war, ist mehr oder weniger frei davon. Nur, wenn er dumm ist, erzählt er nichts als von Stürmen, und wenn er ein gescheiter und affektierter Pariser ist, leugnet er, dass es Stürme gibt.

*

Or, selon moi, les tyrans ont toujours raison. Ce sont ceux qui leur obéissent qui sont ridicules.

*

Eine republikanische Regierung, wenn sie ihren Bürgern auch eine Menge Rechte lässt, ist dafür gezwungen, ihnen eine Menge Verpflichtungen aufzulegen, die mir für meinen Teil sehr unbequem wären. Es scheint wirklich, dass die bürgerlichen Rechte einer Republik nicht ohne zahlreiche Beschränkungen der individuellen Freiheit bestehen können. In den Vereinigten Staaten Amerikas ernenne ich den König, ernenne ich den Polizeikommissar, ernenne ich meinen Straßenkehrer – aber wenn ich sonntags zu rasch gehe, komme ich in Misskredit. Man nimmt an, dass ich gehe, um mir das Vergnügen eines Spaziergangs zu machen, und nicht um mich in die Kirche zu begeben. Mit einem Wort, ich muss mit Ängstlichkeit darauf bedacht sein, dass ich das Missfallen keines einzigen der Handwerker errege, die in meiner Straße Läden besitzen.

*

En général, l'homme bon, c'est l'homme heureux, el le bonheur n'est pas de posséder, mais de réussir.

*

Nicht die Narren, die nach der Revolution schreien, sind die wahren Revolutionäre, sondern jene sind's, die die Revolutionen unvermeidlich machen.

*

10. Juli 1828. Eine englische Dame brachte aus London die Faksimile von acht oder zehn Briefen Bonapartes mit. Sehr verschieden von der Mehrheit der Eroberer, die rohe Naturen waren, war Napoleon toll vor Liebe während seines ganzen Feldzugs von 1796. Dadurch zeichnet er sich aus, ebenso wie durch seinen Kult des wahren Ruhms und der Meinung der Nachwelt, der dem Monsieur Bourienne so albern erscheint.

*

Alexander VI. (Lanzoli Borgia) – einer der größten Männer seines Jahrhunderts.

*

Wie Schillers Marquis Posa, wie der jüngere Brutus, so war auch Crescentius ein lebendiger Anachronismus. Er gehörte in ein andres Jahrhundert. Die französische Revolution hat dieser Art Männer, ebenso hochherzig wie unbrauchbar, einen Gattungsnamen verschafft: die Girondisten.

Um auf die Menschen zu wirken, muss man ihnen bis zu einem gewissen Grad ähnlich sein, muss man bis zu einem gewissen Grad Schurke sein.

*

Die Römer, wie auch die heutigen Engländer, haben es fertiggebracht, ihren Frauen einzureden, dass sich zu langweilen die oberste Pflicht einer anständigen Dame sei. Erst gegen die Zeit Cäsars hin emanzipierten sich die reichen Frauen von diesem System: da prophezeite Cato den Untergang der Welt.

Die Tapferkeit fließt wahrscheinlich aus der Eitelkeit und aus der Freude, von sich reden zu machen; nicht umsonst sind so viele französische Marschälle aus der Gascogne hervorgegangen.

*

Die Zweckmäßigkeit allein herrschte in den heroischen Zeiten, und wir kommen auf die Zweckmäßigkeit zurück. Dann kam die Ritterzeit, die die sonderbare Idee hatte, die Frauen zu Richtern über männliches Verdienst zu setzen.

Der Don Juan treibt dieses System auf den Gipfel. Er betet die Frauen an und will ihnen gefallen, indem er sie sehen lässt, bis zu welchem Grade er die Männer herausfordert. Der Gedanke über diese seltsame Folge der Ritterlichkeit, der Tochter der Religion, hat mich den ganzen Abend beschäftigt.

*

Die Art von Philosophie, die da lehrt sich selbst zu töten, um sich aus der Verlegenheit zu ziehen, lähmt notwendig die Schwungfedern des Geistes. Der einfache Gedanke, sich das Leben zu nehmen, bietet sich schnell dar und ergreift den Geist durch einen Anschein von Größe. Er hindert zu denken, schwächt die Energie und erschreckt viel weniger als die Ungewissheit über die verzweifelte Lage, welche uns zu sterben veranlasst. Auch nehmen sich jenseits des Rheines junge Verliebte alle Augenblicke das Leben. Das erfordert weniger Willenskraft als seine

Geliebte zu entführen, mit ihr in die Fremde zu gehen und ihr durch seine Arbeit ein angenehmes Leben zu verschaffen.

*

In der Kunst wie in der Gesellschaft ist nichts weniger rührend als der Selbstmord. Mit was soll man da sympathisieren? Mit denen sympathisiert, die das Unglück dahin treibt, Großes zu schaffen.

*

Ich liebe die Kraft, und die Kraft, die ich meine, kann eine Ameise so gut zeigen wie ein Elefant.

*

Die heutige Welt ist für die negativen Tugenden.

*

Galeazzo II., ein Visconti, brachte 1362 die Universität von Pavia zur Blüte. Er ließ dort das bürgerliche und das kanonische Recht lehren, die Medizin, die Physik und jene Wissenschaft, die Napoleon solche Furcht einflößte und vor der man sich heute noch fürchtet: die Logik. Derselbe Fürst Galeazzo II. erfand eine sinnreiche Methode, einen Gefangenen einundvierzig Tage hintereinander mit grässlichen Torturen zu quälen, ohne ihn doch ganz zu töten. Ein Chirurg pflegte den Gemarterten, auf dass man am einundvierzigsten Tag noch einen grausamen Tod über ihn verhängen konnte. Der Bruder des Galeazzo, Barnabo, trieb es in Mailand noch schlimmer. Ein junger Mailänder behauptete geträumt zu haben, dass er einen Eber getötet. Barnabo ließ ihm eine Hand abhauen und ein Auge ausreißen als eine Lehre der Verschwiegenheit.

Solche Fürsten, wenn sie nicht Vertiertheit und allgemeine Verdummung herbeiführen, erzeugen große Charaktere, wie es deren in Italien während des sechzehnten Jahrhunderts gegeben hat. In einzelnen Vorgängen des Privatlebens tauchen noch manchmal solche Charaktere auf; aber ihre Klugheit ist, sich versteckt zu halten; die Liebe ist heute fast die einzige Leidenschaft, in der sie zutage treten.

*

Loches s. Indre. Hier verstarb, nach zwölfjähriger Gefangenhaltung durch Ludwig XII., jener so außerordentliche Mann, Ludovico Moro, Herzog von Mailand, Freund und Schützer Leonardo da Vincis. Er hatte das Geheimnis entdeckt, an seinem kleinen Hofe die Mehrzahl der bedeutenden Menschen seiner Zeit zu vereinigen. Und er hatte mit ihnen, was er selbst *duels d'esprit* nannte: Man stritt frei und bis zum Äußersten über alle Art Gegenstände.

Welcher Hof kann das heutzutag von sich rühmen? Ich erinnere mich noch seines liebenswürdigen Antlitzes und der Marmorstatue, die ich in der Certosa bei Pavia gesehen habe. Wahr ist es, dass er ein Schurke war. Aber das ist das Unglück ungefähr aller Fürsten seines Jahrhunderts. Er ließ seinen Neffen vergiften, um sein Nachfolger zu werden, aber er ließ nicht zweitausend seiner Untertanen lebendig verbrennen, wie unser herrlicher Franz I., in Erwartung, sich dadurch das Bündnis mit einem andern Herrscher zu sichern.

*

Ich liebe mehr die Gesellschaft von Männern, die über das vierzigste Jahr hinaus sind. Sie sind voller Vorurteile, weniger gescheit, aber viel natürlicher als alle, die seit 1796 lesen gelernt haben. Ich beobachte alle Tage, dass die jungen Leute mir gewisse Einzelheiten ihrer Sitten zu verbergen suchen; die ältern begreifen nicht, dass es da etwas zu erröten gäbe, sie sagen mir alles.

*

Die Allerweltssittlichkeit nimmt immer mehr zu und so die Langeweile.

*

Einen der hervorstechendsten Züge des neunzehnten Jahrhunderts wird die Nachwelt in dem völligen Mangel jener kleinen Kühnheit sehen, die nötig ist, um nicht wie alle Welt zu sein. Freilich sehen wir diese negative Tendenz in jeder Zivilisation wirksam. Sie bringt alle Menschen eines Jahrhunderts ungefähr auf dasselbe Niveau und unterdrückt die außergewöhnlichen Menschen, von denen einige später den Namen von Genies erhalten. Aber im XIX. Jahrhundert geht die Wirkung jener nivellierenden Idee noch weiter; sie verbietet zu »wagen«, und jener kleinen Anzahl außergewöhnlicher Menschen, deren Geburt sie nicht hindern kann, im Geringsten entgegenzukommen.

*

Merkt, dass die meisten originalen Autoren fast gänzlich aller Erziehung ermangelt haben. Man geht nur dann weit, wenn man nicht sieht, wohin man geht.

*

Die tiefe Immoralität, die im Jahr 1800 im Heiligen Kollegium herrschte, ist nach und nach verschwunden, und der Geist mit ihr. In Rom wie anderswo regieren die Dummen oder machen den Regierenden bange, das ist der Geist der Restaurationen.

*

Aretino war für sich ganz allein der Courrier français, der Figaro, der Intransigeant, usw. – mit einem Wort, die ganze Oposition des 15. Jahrhnnderts. Es ist merkwürdig, dass er nicht zwanzigmal ermordet wurde. Ein Jahrhundert später, als der Einfluss Karls V. und der deutschen Reformation alles in Italien erniedrigt hatte, hätte Aretin nicht sechs Monate gelebt.

Er starb lachend. Man gab ihm folgende Grabschrift, die ein Meisterwerk des Stils, und wo die oft so dunkle italienische Sprache einmal klar und durchsichtig ist:

> Qui giace l'Aretin, poeta Tosco
> Che disse mal d'ognun fuor che di Cristo,
> Scusandosi col dir: non la conosco.

Die Dummköpfe verleumden ihn, das ist das Schicksal der Oposition. Er hat sehr unpassende Werke geschrieben, die aber, meiner Ansicht nach, weniger gefährlich sind als die »Nouvelle Héloïse« oder Petrarcas Sonnette.

*

Was gehen mich die moralischen Eigenschaften eines Menschen an, der durch seine Verse, durch seine Musik, durch seine Farben oder durch seine Prosa mir Vergnügen machen will? Die Schriftsteller, über die man sich lächerlich macht, schreien immer, man griffe ihre Ehre an. Ei, ihr Herren! Was schert mich eure Ehre? Sucht mich zu unterhalten oder aufzuklären.

*

Wie viel Leute es doch gibt, denen daran liegt, einem genialen Menschen, der der sozialen Autoritäten spottet, Schlechtigkeiten nachzusagen! Man kann behaupten, dass in diesem Jahrhundert der erkauften Lobsprüche, der Cliquen und des Journalismus, der Neid das einzige sichere Zeichen großen Verdienstes ist.

*

Den heutigen Fürsten, die so stolz aus ihre Tugend sind und die auf die kleinen mittelalterlichen Tyrannen so von oben herabsehen, möchte ich sagen:

Diese Tugenden, auf die ihr so stolz seid, sind nur Tugenden des Privatlebens. Als Fürsten seid ihr Nullen; die Tyrannen Italiens dagegen hatten private Laster und öffentliche Tugenden.

Ich gehe noch weiter: Selbst diese ärmlichen Tugenden, von denen man uns so hochmütig spricht, ihr übt sie nur gezwungen. Die Laster eines Alexanders VI. würden euch in vierundzwanzig Stunden vom Thron stürzen.

*

Wenn in Paris ein Mann ernstlich krank wird, schließt er seine Tür zu. Eine kleine Anzahl Freunde drängen sich zu ihm. Man hütet sich sehr, trübselig über die Krankheit zu sprechen. Nach den ersten Worten über sein Ergehen erzählt man ihm, was in der Welt vorgeht. Wenn es zum Letzten kommt, bittet der Kranke seine Freunde, ihn einen Augenblick allein zu lassen; er möchte sich ausruhen. Die traurigen Dinge vollziehen sich, wie sie sich immer ohne unsre albernen Einrichtungen vollziehen würden, in der Stille und in der Sammlung.

Seht das kranke Tier an, es versteckt sich und sucht sich zum Sterben das dichteste Gestrüpp aus ...

*

Wenn der Provinzler außerordentlich schüchtern ist, so kommt das daher, weil er äußerst prätenziös ist; er meint, dass der Mensch, der zwanzig Schritte von ihm auf der Straße vorbeigeht, nur damit beschäftigt ist, ihn anzusehen. Und wenn dieser Mensch zufällig lacht, so weiht er ihm einen ewigen Hass.

*

Wenn das Ministerium einem ganz bekanntermaßen unfähigen Dummkopf eine Auszeichnung gibt, lachen wir in Paris. Und es gäbe nichts zu lachen, wenn die Auszeichnung dem Verdienstvollsten gegeben würde: Für einen wohlerzognen Menschen bedeutet roh sein eine fremde Sprache sprechen, die gelernt werden muss und die man nie ordentlich beherrscht. Wie viel hochgestellte Leute sprechen diese Sprache heute mit einer seltenen Gewandtheit.

*

Folgendes finde ich in meinem Tagebuch unter dem Datum Saint-Malo:

Nichts versteht man in der Provinz einfach zu machen, nicht einmal das Sterben. Acht Tage vor seinem Ende wird der Unglückliche durch die Tränen seiner Frau und Kinder, durch das ungeschickte Gerede seiner Freunde und zuletzt noch durch den fürchterlichen Anblick des Priesters über seinen gefährlichen Zustand aufgeklärt. Beim Anblick des Sakramentverwalters gibt sich der Kranke auf, alles ist für ihn vorbei. Von jetzt an beginnen die herzzerreißenden Szenen, die sich zehnmal des Tags wiederholen. Der arme Mensch stößt endlich seinen letzten Seufzer aus, inmitten des Schreiens und Schluchzens seiner Familie und seiner Dienstboten. Sein Weib wirft sich über seinen Leichnam. Man hört ihre grässlichen Schreie auf der Straße, was für sie ehrenvoll ist, und so gibt sie den Kindern ein ewiges Andenken des Schreckens und des Elends mit: Es ist ein abscheuliches Schauspiel.

Sie erklärten mir, wenn es auf die Wahlen geht, werden sie sicherlich keinen Hochmütigen nach Paris schicken. Ich verstand, dass sie mit diesem Titel die Abgeordneten beehren, die sich nicht ergebenst dazu verpflichten, ihre Kleider und Stiefel von ihnen und ihren Gevattern zu beziehen.

Um dazu berufen zu werden, die großen Handels- und Steuerfragen zu besprechen, die darüber entscheiden sollen, was Europa heute über hundert Jahre sein soll, muss man also damit anfangen, solchen Schweinhunden zu gefallen. Das ist niederträchtig.

Welch ein Unterschied zugunsten der Annehmlichkeit meiner Reise, wenn ich mit fünf Legitimisten zu tun gehabt hätte. Ihre Prinzipien hätten auch nicht verkehrter und dem Gemeinwohl feindseliger sein können, und weit entfernt, jeden Augenblick verletzt zu werden, hätte mein Geist alle Reize einer gebildeten Unterhaltung gekostet. Das ist also das Volk, für dessen Glück man, glaube ich, alles tun muss.

*

Le philosophe qui a le malheur de connaître les hommes méprise toujours davantage le pays où il a appris à les connaître.

*

Das Unglück der Generation, die sich aus der gegenwärtig herrschenden entwickelt, ist, dass ein Mensch das Ministerium sorgt für unser Vergnügen. In der Provinz empört man sich über solch ein Schauspiel, man ist im Innersten entrüstet. Der Provinziale weiß immer noch nicht, dass auf dieser Welt alles Komödie ist.

Ich bestieg eine landesübliche Kutsche, um die fünf Meilen von Dol nach Saint-Malo zurückzulegen. Ich hatte zu Reisegefährten reiche oder vielmehr reichgewordene Bürgersleute. Niemals habe ich mich in so schlechter Gesellschaft befunden. Meine Fantasie war glückselig, sie zerrten sie in den Kot hinab.

Die Leute sprachen unausgesetzt von sich und von dem, was ihnen angehörte: ihren Frauen, ihren Kindern, ihren Taschentüchern, die sie sich gekauft hatten und wobei sie dem Kaufmann einen Franc am Dutzend heruntergehandelt hatten. Das ist das charakteristische Zeichen des Provinzlers, dass alles, was ihm zu gehören die Ehre hat, den Charakter des Vortrefflichen annimmt: seine Frau ist besser als alle andern; das eben von ihm gekaufte Dutzend Taschentücher ist mehr wert als alle andern Dutzende. Nie sah ich die menschliche Kreatur in einem so hässlichen Lichte: Diese Leute freuten sich an ihren Niedrigkeiten etwa wie ein Schwein, das sich im Kote wälzt. Und um Deputierter zu werden, muss man solchen Geschöpfen den Hof machen! Das sind die Könige der Zukunft ...

In den höheren Ständen, oder, um seine Stellung zu behalten, wagt man es nicht mehr, die Aufklärung zu hassen.

Man hasst aber wenigstens den Geist und man protegiert die Gelehrten.

*

Nur zur Zeit großer Seelenerhebungen ist das Volk der guten Gesellschaft überlegen.

*

... der am Morgen sechs Zeitungen verschlingen muss, keine Kraft mehr hat, den Rest des Tages noch etwas zu lesen. Und unglücklicherweise glaubt dieser Mensch sich noch imstande, über alles zu reden, wenn er die Zeitung gelesen hat ...

Wie sind Montesquieu und Voltaire doch kalt im Vergleich zu den Tagesneuigkeiten.

*

Les journaux auront créé la liberté et perdu la littérature.

*

Nichts verdirbt nach meiner Ansicht so sehr das menschliche Antlitz als ausschließliche Geldliebe. Besonders ist der Mund bei diesen Menschen oft von abschreckender Hässlichkeit.

*

Die Geselligkeit ist eine Blume der höchsten Kultur. Sie kann nicht eher wieder blühen, als bis das getrübte, vom Sturme der Revolutionen aufgerührte Quellwasser den Schlamm des Parteigeistes abgesetzt und seine frühere Klarheit wiedergewonnen hat.